dtv

Reihe Hanser

Der findige Kriminalbeamte Arne Blom kommt aufgrund der Drohbriefe, die Professor Molander erhalten hat, nach Väster Våla – ein kleines, scheinbar verschlafenes Städtchen. Doch der Schein trügt. Unter der kleinstädtisch harmlosen Oberfläche brodelt es gewaltig.
Könnten die Briefe etwa im Zusammenhang stehen mit dem Geheimnis um die zweite Magenta – einer der seltensten und wertvollsten Briefmarken der Welt, die spurlos verschwunden ist? Und welche Rolle spielt eigentlich der junge Stubben, der die Briefmarke genau beschreiben kann?
Blom wäre nicht Blom, wenn er das Rätsel um die zweite Magenta nicht lösen und wieder Ruhe in das Leben des Städtchens bringen würde.

Lars Gustafsson, geboren 1936 in Västeras, Mittelschweden, lebt heute in Austin/Texas. Er schreibt Romane, Erzählungen, Gedichte und Essays. Der Kriminalroman ›Blom und die zweite Magenta‹ ist sein erstes Buch für jugendliche Leser.

Lars Gustafsson

Blom und die zweite Magenta

Aus dem Schwedischen von
Verena Reichel

Deutscher Taschenbuch Verlag

Ungekürzte Ausgabe
In neuer Rechtschreibung
April 2003
Deutscher Taschenbuch Verlag GmbH & Co. KG,
München
www.dtv.de

Umschlag: Doris Katharina Künster, Hamburg
Satz: Satz für Satz. Barbara Reischmann,
Leutkirch
Druck und Bindung: Druckerei C. H. Beck,
Nördlingen
Gedruckt auf säurefreiem, chlorfrei gebleichtem Papier
Printed in Germany · ISBN 3-423-62133-8

»Es waren einmal drei Böcke.
Und alle hießen sie Bruse.«

Schwedisches Volksmärchen

Prolog

Der Mann, der auf einer Bank im Kirchhof saß, schien so nahtlos mit den Schatten der Ulmen zu verschmelzen, dass man ihn zunächst gar nicht bemerkte. Es wirkte fast so, als hätte er die Stille geübt, als beherrsche er die Kunst, so lange unbeweglich dazusitzen, bis ihm die Spatzen vor die Füße hüpften. Und lange genug, bis es keinem mehr auffiel, dass er da saß.

Vielleicht war er aber einfach nur ein sehr stiller Mann.

Es ließ sich auch nicht leicht erraten, wie er dahin gekommen war. Kein Auto stand auf dem leeren Parkplatz der Kirche, kein schwarzes Fahrrad lehnte an der Friedhofsmauer.

Stubben hätte ihn nie entdeckt, hätte er sich nicht mit einem leisen, melodischen Pfiff zu erkennen gegeben.

Aber wir eilen den Ereignissen voraus.

Folgendes geschieht in dieser Gegend, nicht weit von hier, und beinah lautlos:

Das Papier ist alt, vergilbt, aber nicht brüchig, wie es heutzutage bereits nach wenigen Jahren der Fall ist. Es ist Qualitätspapier, aus zerstampften Hadern hergestellt, wie man es früher für Briefe und feinere Dokumente verwendete. Die Hand, die das Papier hält, ist ebenfalls alt, mit feinen blauen Adern, und sehr ruhig. Eine Hand, die linke, hält das Papier, die rechte umfasst ein solides Vergrößerungsglas, wie man es mittlerweile fast nur noch bei bestimmten Kunstkennern und Sammlern findet. Die Lampe ist sehr stark, doch außerhalb des Lichtkreises können wir nicht viel erkennen. Auch nicht das Gesicht dessen, der jetzt langsam, mit höchster Aufmerksamkeit, eine verschnörkelte, komplizierte Handschrift entziffert:

Und im Hafen erzählte mir an diesem Tag, dem 23. Januar anno 1856, der Britische Consul und Poststationsvorsteher Harold Clarke, es sei ein ganzer Bogen der One-Cent-Marke von British Guiana gedruckt worden, der versehentlich die Farbe Magenta erhalten habe. Er gab mir zwei Stück davon, zu meinem persönlichen Vergnügen. Die eine habe ich verloren, und stell dir meine Bestürzung vor, als ich Jahrzehnte später in der Zeitung lese, dass diese Briefmarke jetzt äußerst wertvoll geworden ist und angeblich nur noch in einem einzigen Exemplar auf der ganzen Welt existiert. Die eine muss irgendwann auf einer meiner vielen Reisen aus meiner Brieftasche gefallen sein. Über die andere habe ich sehr leichtsinnig verfügt, indem ich sie auf eine Ansichtskarte an dich klebte. Wie du dich vielleicht erinnerst, war darauf der Hafen von Georgetown abgebildet.

Ich weiß nicht, ob sie dich je erreicht hat, lieber Bruder daheim in Nybygget, aber ich möchte dich – angesichts meiner derzeitigen Umstände – um den

Gefallen bitten, mit äußerster Sorgfalt deine Schubladen und Schränke zu durchsuchen. Denn ich habe davon Kenntnis erhalten, dass das einzige heute bekannte Exemplar für eine beträchtliche Summe an einen Großsammler in London verkauft worden ist.

In meiner – wie du verstehst – sehr prekären Lage könnte es einen Ausweg bedeuten, wenn dieser kleine Gegenstand, der ja eigentlich nie geschenkt, sondern nur zur Aufbewahrung gedacht war, seinem rechtmäßigen Besitzer zurückerstattet würde. Andernfalls dürfte es keinen Frieden mehr geben auf Nybygget.

Die ruhige Hand, übersät mit Leberflecken, wie man sie oft bei Menschen findet, die sich viel in starkem Sonnenlicht aufgehalten haben, legt mit pedantischer Gründlichkeit das Dokument an die Stelle zurück, wo sie es gefunden hat.

Am zweiten Sonntag nach Trinitatis

Stubben schob sein Liefermoped an die günstigste Stelle, die er finden konnte, gleich neben der Friedhofsmauer unter einer alten Ulme, deren Äste der Wind gerade heftig schüttelte. Dann stapfte er, nass wie ein Hund, zielstrebig in die Kirche. Dass er mitten in den Gottesdienst platzte, machte ihm kein Kopfzerbrechen. Stubben wollte nur eins, nämlich einen Steckschlüssel, der auf seine Zündkerze passte. Und den besaß der Kirchendiener Nisse Andersson. Stubben, das heißt der siebzehnjährige, etwas zurückgebliebene ehemalige Sonderschüler Sture Persson, wusste sogar, in welcher Schublade der Schlüssel lag. In der Abstellkammer neben der Sakristei befanden sich allerlei Werkzeuge; die Kirche war dreihundert Jahre alt und dauernd fielen Reparaturen an. Stubben hatte Glück; werktags war die Sakristei normalerweise immer mit massiven Schlössern zugesperrt, falls nicht zufällig der Kirchendiener Andersson da war. Früher hatte hier oft der alte Pastor Sohlberg gesessen und seine Predigten an dem mächtigen Rollschreibschrank geschrieben. Aber jetzt war kein Pastor mehr in dieser Gemeinde ansässig. Die Prediger, die den Hauptgottesdienst abhielten, benutzten die Sakristei eigentlich nur zum Anlegen der Stola.

Die Tür knallte viel lauter hinter ihm zu als erwartet. Vermutlich war der Türschließer wieder mal defekt. Und mehrere Gesichter, plötzlich eigentümlich groß und weiß in der rasch hereinbrechenden Gewitterdunkelheit, drehten sich nach hinten zur Vorhalle um. Stubben hatte es nie ausstehen können, wenn die Leute ihn anstarrten, und auch jetzt gefiel es ihm nicht.

*

So hatte es angefangen:

Nach einem strahlend schönen Morgen, erfüllt von Vogelgesang und dem Duft frisch ausgeschlagener Birken und klebriger Linden, wurde es von Westen her rasch dunkel, eine Gewitterfront zog über dem Landsberg auf. Vor Mittsommer kommen die Gewitter nie über den Landsberg hinweg, sagt man im Kirchspiel Väster Våla. Aber das stimmt nicht. Man kann sich wirklich fragen, wer all diese neunmalklugen Redensarten erfindet, die vorgeben, sie wüssten etwas, und in Wirklichkeit wissen sie nichts. Überhaupt nichts.

Die Rentner, die mit einem gemieteten Bus von Surahammar und Virsbo gekommen waren, schauten großäugig nach Westen in den rasch sich verdunkelnden Himmel. Jemand meinte, es sähe Unheil verkündend aus.

Solche Phänomene sind im Juni ziemlich selten, aber sie kommen vor. Und im Juni 1988 war es so. Der Regen war plötzlich da wie eine Mauer, alles überrollend, eh man sich's versah.

Vorbei war es mit dem schönen Frühsommertag, bestimmt der dritte oder vierte in einer ganzen Reihe solcher Tage. Die Rentner und die übrigen Kirchgänger, sie alle schauderten und hasteten in die Kirche, wo als Präludium an diesem Sonntag eine Choralvariation von »Geh aus mein Herz und suche Freud« erklang.

Es waren natürlich nicht nur die angereisten Rentner da. Sondern auch viele Einwohner von Väster Våla und einige jedes Jahr wiederkehrende Besucher; auch etliche etwas ältere Sommergäste. Zum Beispiel Professor Theofil Molander, der seit einer Weile unten im Dorf Bodarne wohnte, wo er mithilfe seiner Söhne, die regelmäßig aus Uppsala kamen, eine Art Landwirtschaft betrieb. Seine Brille war stets gesprenkelt von den Spuren der Schweißfunken, da half alles Putzen und Reiben nichts.

Zu den Letzten, die mit oder ohne Regenschirm zur Kirchentür hereinstürmten, gehörten die beiden Schwestern Westholm, Cecilia und Amelia, Besitzerinnen von Ängelsbergs Brukshandel, die ihren Kaufladen je nach Sommer- und Wintersaison mit unterschiedlichem Erfolg betrieben, und Brunnenbohrer Axelsson von Vasstorpet, dem Anwesen, das auf der höchsten Anhöhe im Kirchwald liegt, auf halbem Weg zum See Hörendesjön.

Dass Axelsson gekommen war, wunderte den einen oder andern der regelmäßigen Kirchgänger, da er sich seit Jahren nicht mehr hatte blicken lassen. Klein, blass und drahtig, immer mit einer alten Sportmütze auf dem Kopf, die seine lebhaften braunen Augen beschattete, scharfzüngig und gewitzt, war er wohl am ehesten dafür bekannt, dass er Bücher sammelte – in dieser Gegend ein ziemlich ungewöhnliches Hobby.

Und schließlich, durch das Spiel des Zufalls, Stubben, der arme Kerl.

*

Die Gemeinde sang gerade in dieser fast unerträglich schleppenden Art, wie sie typisch ist für solche Gemeinden:

»Es prangt die Flur, mit grüner Tracht
sich schmücken Wald und Wiesen.
Und laue Winde wiegen sacht
die Blumen, die da sprießen.
Der Sonne Schein,
der lichte Hain,
die Wellen an den Weiden
verkünden Sommerzeiten.

Ihr Glück bei diesem Sommerfest
die Vöglein emsig preisen.
In Wald und Flur, aus stillem Nest
erklingen ihre Weisen.
Ein Loblied steigt
von weit und breit
aus Baum und Busch und Blume
zu Gottes Ehr' und Ruhme.«

– als Stubben verstohlen hereinschlich und sich nass wie eine Wasserratte an einer Uferböschung auf die letzte Bank sinken ließ, von einigen mit freundlichem Nicken begrüßt, von anderen ignoriert, aber durchaus in dem Bewusstsein, dass ihn jeder aus der heimatlichen Gegend kannte.

Stubben galt allgemein als beschränkt – sonst wäre Stubben nicht Stubben gewesen –, aber nichtsdestoweniger waren seine beschränkten Geistesgaben überraschend scharf, wenn es um eine bestimmte Art von Fragen ging. Nämlich um solche, bei denen die unmittelbar gegebene Erfahrung zählte. (Wenn es nun so etwas wie eine unmittelbar gegebene Erfahrung gibt – was sagt ihr etwa zu Farben, wieso ändern sich Farben vor unterschiedlichem Hintergrund?) Jetzt saß er beispielsweise da, durchnässt und zitternd und ein bisschen beschämt über das Rinnsal von Regenwasser, das von seinen Socken und Schuhen tropfte und verriet, dass der Kirchenfußboden leicht zum Mittelgang hin abfiel, und dachte keineswegs darüber nach, wie er das wassergetränkte, streikende Moped starten sollte, sondern über eine ganz andere Frage:

Was in Dreiteufelsnamen hatte sich der Dichter bei den Zeilen gedacht: *die Wellen an den Weiden / verkünden Sommerzeiten*?

Weiden wachsen natürlich gern da, wo es eine Spur feucht ist, zum Beispiel an Grabenrändern, aber wenn so viel Wasser da war, dass Wellen an die Weiden schlugen, hatte der arme Busch wohl kaum eine Überlebenschance. Oder wollte der Liederdichter eine Art *Überschwemmung* schildern? In dem Fall hätte er sich in diesem Punkt gern etwas genauer ausdrücken können. Überschwemmungen sind immerhin spannende und dramatische Phänomene, denen man sich in einem Gedicht sorgfältig widmen sollte.

Diese laienhaften und bestimmt ganz unwissenschaftlichen Gedanken durchzogen – im Takt einer Prozession, könnte man sagen – das träge, aber gründlich arbeitende Stubbenhirn während der genau zweiundvierzig Sekunden, die der außerordentliche Pfarrvikar Arne B. Häggqvist, mit Spitzbauch und kokettem kleinem Schnauzbart, brauchte, um zur ehrwürdigen Kanzel der Kirche von Väster Våla hinaufzusteigen und dort seinen Platz einzunehmen.

Pfarrvikar Arne B. Häggqvist war in dieser Kirche eine unbekannte Größe. In Wahrheit wusste niemand wirklich, selbst nach den Ereignissen, die im Folgenden zu schildern sind und zweifellos die Aufmerksamkeit der Öffentlichkeit auf diesen kleinen Mann lenkten, woher er kam und was er überhaupt auf der Kanzel zu suchen hatte. Er war einer in der Reihe sonderbarer Vikare, die während des Kirchenjahrs jeden oder jeden zweiten Sonntag kamen und gingen. Seit der alte Pastor Nilsson das Zeitliche gesegnet hatte und das privatisierte Pfarrhaus einem Computerfachmann aus Stockholm gehörte, war das fast zur Regel geworden.

Interessanterweise ließ sich nicht einmal nachträglich ermitteln, wie dieser – in hohem Grad, muss man sagen – außerordentliche Pfarrvikar überhaupt zum Prediger und Vikar in der Kirche von Väster Våla bestellt worden war.

Im zentralen Personalregister des ehrwürdigen Domkapitels von Västerås fand sich – trotz der später auf ausdrücklichen Wunsch von Bischof Claes-Bertil Ytterberg durchgeführten gründlichen Suchprozeduren kreuz und quer in den Dateien – nicht der geringste Hinweis auf einen außerordentlichen Pfarrvikar Arne B. Häggqvist. Er stand nicht auf der Gehaltsliste. Hatte nie darauf gestanden. Für das Bistum Västerås blieb der Mann auch fernerhin ein ebenso vollständiges Mysterium wie für die Gemeinde dieses Sonntags. Propst Franzén aus Fagersta beteuerte, noch nie von diesem Mann gehört zu haben, nach seiner Erinnerung hätte er überhaupt keinen verdammten Vikar bestellt. (Was müssen wir da hören?) Er war felsenfest davon überzeugt, die frei gewordene Stelle in Väster Våla sei irgendwann im letzten Jahr neu besetzt worden. Irgendwo war vermutlich eins dieser heutzutage so wichtigen Anstellungsformulare hängen geblieben oder es hatte sich in einem Kopierer in der Mitte gefaltet.

Es gab keine Spur, dass dieser exzentrische Mann je vorhanden gewesen war. Er war aufgetaucht und wieder verschwunden, ohne dass irgendein Mensch in der Kirchenverwaltung von ihm Notiz genommen hätte. Wozu auch. Da der Mann auf keiner Gehaltsliste stand, war er genau genommen kein Problem. Oder jedenfalls nur ein vorübergehendes.

Aber nun wollte das Schicksal es anders.

Wenn man die Kürze seines Auftritts bedenkt, muss man sagen, dass er ihn optimal nutzte.

Die Anwesenden hatten hinterher sehr verschiedene Ansichten über die Predigt. Manche empfanden sie als blasphemisch bis zur äußersten Grenze des Zulässigen und darüber hinaus. Andere meinten die Entstehung *einer neuen Spiritualität* in der schwedischen Kirche zu erkennen, dringend nötig in einer Zeit, in der die Predigten offenbar überwiegend Plädoyers für die Schönheit der Natur und für die Wahl der Sozialdemokraten darstellten. Wieder andere verstanden sie als ziemlich vulgären politischen Angriff auf die Grünen und das war nicht ganz von der Hand zu weisen, da sie tatsächlich in diese Richtung deutete.

Aber die meisten fanden sie interessant. Es war jedenfalls eine Predigt, über die man hinterher noch lange sprach. Und solche Predigten sind schließlich rar.

Der kleine glatzköpfige und schnauzbärtige Mann sprach ohne Manuskript. Nachdenklich wiederholte er den schönen Schlussvers des Sommerchorals von Carl David af Wirsén, diesmal ganz allein, fast als hätte man ihn nicht gerade gemeinsam unter dem Kirchengewölbe gesungen.

Einen Moment schien es, als sei es für ihn ein ganz neues und überraschendes Erlebnis. Er gab sich Mühe beim Vortragen und betonte ganz andere Wörter und Wendungen, als man es gewöhnlich tut.

Nach einem weiteren Moment eines sehr pastoralen Betrachtens der gewölbten Kanzeldecke (vielleicht saß da oben eine Wespe) räusperte sich der Vikar, nahm einen Schluck aus dem Wasserglas und ergriff resolut und, wie gesagt, ohne Manuskript das Wort:

»Freunde!

Wie lebhaft erinnern uns doch die Worte des Dichters an die unergründliche Weisheit und Güte, mit der ein wohlwollender Schöpfer die Natur eingerichtet hat. Und gibt es eine Jahreszeit, in der uns die wunderbare Huld und Güte dieses Schöpfers deutlicher vor Augen geführt wird als jetzt im Juni, in der Zeit der Kastanien und des Flieders, der Schwalben, Wildgänse und Kraniche?

Wie deutlich wird doch in dieser unserer lieblichen Trinitatiszeit, dass diese Welt von Einem gemacht ist, der es gut mit uns gemeint hat!

Zeugt nicht die Walderdbeere mit ihrem süßen Duft und Geschmack, wenn dieser Tage die herrlichen Beeren still auf den Kohlenmeilerböden heranreifen, von einer höheren Absicht, die uns wohl will?

Wie klar liegen doch unsere Seen unter einem milden Frühsommerhimmel!«

(Immer heftigere Blitze am westlichen Horizont erhellten die Glasfenster der Kirche, so dass diese für einen Moment in der plötzlichen, dramatischen Beleuchtung einen unheimlichen Eindruck machten. Die Fenster hatten ganz einfach zu viele Farben und diese Farben wurden nun in dem aufflammenden Lichtschein auf dämonische Art lebendig.)

Alles sprach dafür, dass die Spontaneität des Predigers bis zu einem gewissen Grad gespielt war und dass er sich, wie andere auch, auf ein auswendig gelerntes Manuskript stützte. Das er offenbar jetzt nicht mehr brauchte.

»Die Seen von Västmanland! Ach, wie lebhaft kräuseln sie sich doch in der milden Frühsommerbrise, die der Verfasser des Liedes andeutet. Eine Vielzahl von Fischen ist uns in ihnen zuteil geworden, von den schlängelnden, weißbäuchigen Aalquappen des Åmänningen, diesen stillen Eremiten der Tiefe, bis hin zu den kleinen dunklen Äschen und Barschen der Waldseen, und das alles, damit es für jeden von uns gute und reichliche Nahrung gibt.

Aber siehe, nicht einmal in diesen reichen Gaben

der Natur erschöpft sich das übervolle Maß, in dem ein großzügiger Schöpfer uns die materielle Welt zugeteilt hat. Denn außerdem hat er uns doch die fetten Regenwürmer in unseren Beeten beschert, die am Angelhaken zappelnd die Aufmerksamkeit der flinken Fische erregen!

Bedenkt, liebe Christen, wie mühsam die Fischerei im Juni wäre, wenn uns nichts anderes übrig bliebe, als schwere Netze auszuwerfen und sie in der ersten Morgendämmerung einzuholen!

Dass diese große und geheimnisvolle Natur uns insgesamt zu Diensten steht, sinnreich und voller Überraschungen, gilt wahrhaftig nicht nur für den schönen Monat Juni. Die Güte unseres Herrn währt das ganze Jahr.«

Hier räusperte sich der Pfarrvikar und blickte zuversichtlich zum Baldachin der Kanzel empor, als suche er Gott oder hoffe inständig, die Wespe, die sich möglicherweise dort aufhielt, wäre mittlerweile verschwunden. Wie es schien, hatte der fromme Mann tatsächlich für einen Moment den Faden verloren, doch es erwies sich dann als einer dieser Tricks, deren sich gute Redner bedienen, um die Aufmerksamkeit der Zuhörer aufs Äußerste zu erregen.

»Es ist fürwahr nicht immer Juni und wir tun alle gut daran, uns auf das vorzubereiten, was uns möglicherweise bevorsteht. Bald kommt der August und die Wälder füllen sich mit neuen Wundern der Natur.

Bedenkt doch, liebe Christen, den Einfallsreichtum der Pilze! Zu diesem Reichtum gehören nicht nur die gelbe Augenweide der Pfifferlinge, die faltige Oberfläche der Morchel, so angenehm unter der tastenden Hand, sondern auch all die anderen, die bescheideneren, die unterirdischen, die alle in einem größeren Zusammenhang der Natur mitwirken. Die Faserigen, Mausgrauen, die Weißflaumigen, die klebrig Schuppigen, die Zähen, die kalt Klebrigen.

Aus simplem moderndem Holz, aus trockenen alten Kohlenmeilerböden kann der Pilz die raffiniertesten chemischen Substanzen synthetisieren, hoch entwickelte Nervengifte wie *Phalloidin*, *Amantinin* und *Aflatoxin*, diese Kostbarkeiten der organischen Chemie, die also mehr oder weniger aus dem Verachteten, dem Verworfenen, dem Vergeudeten aufsteigen.«

(An dieser Stelle holte manches Mitglied der Gemeinde tief Luft und der alte Professor und Nobelpreisträger Theofil Molander nickte zustimmend, jawohl, auch er war in den Naturwissenschaften bewandert.)

Der außerordentliche Pfarrvikar fuhr indessen unbeschwert fort:

»Nun sagt aber jemand:

Kann diese Schöpfung denn wirklich *gut* sein, wenn sie so gefährliche, ja, *äußerst* gefährliche Dinge aus der Erde hervorbringt? Kann es wirklich die Absicht des Schöpfers sein, dass die Nieren unschuldiger Pilzsammler unter der tastenden Hand des obduzierenden Arztes zerbröseln wie alte verbrauchte Fensterdichtungen aus Gummi? Dass der arglose Anfänger einen schnellen, unbarmherzigen Tod sterben soll, zur Strafe für den scheinbar harmlosen Fehler, den leckeren Wiesenchampignon mit dem weißen Fliegenpilz zu verwechseln?

Nun lasst uns aber diese seltsamen Äußerungen der Natur ein wenig genauer betrachten! Dann erkennen wir nämlich, dass all die gefährlichen Pilze mit deutlichen Warnsignalen ausgestattet sind. Hat doch der Fliegenpilz seinen deutlichen Strumpf und der weiße Fliegenpilz seine Lamellen, die ihn so offensichtlich vom Wiesenchampignon unterscheiden, dem dieser Strumpf fehlt und der dafür eine appetitliche braune Unterseite besitzt.

Für den Aufmerksamen gilt es doch nur, auf die deutlichen Zeichen der Natur zu achten, die Zeichen, die der Schöpfer ebendieser Natur beigegeben hat, damit wir lernen, das Gute zu wählen und das Böse getreulich zu meiden. Ein Sinnbild, fürwahr, auch für das moralische Leben!

Doch der Zweifler, der Störenfried bei unserer Betrachtung dieser vom Schöpfer gestifteten Zweckmäßigkeit und Güte der Natur, ist vielleicht hartnäckig.

Das mag für gewöhnliche Pilze zutreffen, sagt möglicherweise unser Zweifler ... Aber kann es wirklich so sein, dass *alle* Angehörigen der Abteilung *fungi* von einem gütigen und klugen Schöpfer stammen?

Müssen wir nicht, wenn wir die Natur und ihre Güte erörtern wollen, auch bei jener großen Unterabteilung der *fungi* verweilen, die *micromyomycetes* heißen, kurz gesagt, bei der bunten Welt der Bakterien?«

Hier begann der eine oder andere, besonders von den älteren Zuhörern, ungeduldig zu hüsteln. Offenbar waren nicht alle der Ansicht, dass eine Betrachtung über den Reichtum der Schöpfung derart ins Detail zu gehen habe.

Doch der Vikar ließ sich nicht aus dem Konzept bringen und fuhr fort:

»Allerdings wissen wir, dass nicht alle Bakterien unser Unglück wollen. Viele davon gehen in unserem Organismus ein und aus, ohne uns zu schaden oder zu nützen. Andere wiederum spielen eine positive, ja unentbehrliche Rolle, bei unserer Verdauung, bei der Produktion von Vitaminen und anderen wertvollen Substanzen, die für unser Wohlbefinden so offensichtlich nötig sind. In uralten Symbiosen arbeitet diese wohlgesinnte Bakterienflora mit unserem eigenen biologischen Leben zusammen, genau wie die Kohlenmeilerböden der Wälder mit der edlen Erdbeerpflanze.

Ja, der Kreislauf der Natur ist wahrhaft bewundernswert. Und ebenso bewundernswert ist die ungeheure Präzision, die diese Schöpfung prägt, von den allergrößten bis hin zu den kleinsten Geschöpfen.

Und als besonders bemerkenswert stellt sich vielleicht die Zielstrebigkeit der Schöpfung dar, ihr Charakter einer durchdachten Ordnung, wenn wir uns andächtig der molekularen Welt zuwenden, wo die allerkleinsten Organismen, nämlich die *Viren*, sich aufhalten und ihr eigentümlich wechselvolles Leben führen.«

Das Husten und Räuspern der Kirchengemeinde hatte sich jetzt merklich verstärkt. Allerdings nicht genug, um unseren geistlichen Schönredner zu stören, der darin offenbar eher eine Beifallsbekundung sah.

»Mitunter zu einem nadelförmigen Kristall vertrocknet, eigentlich nichts als ein Informationsstrang, in einem DNA-Molekül bewahrt, nichts als ein *Programm*, bis es mit dem Leben spendenden Wasser und dem Gel der Wirtszelle in Berührung gekommen ist, die ihm erst durch diese Begegnung die Möglichkeit gibt, seine so lange im Verborgenen gebliebene Botschaft zu entfalten, hat das Virus seine Bestimmung. In manchen Fällen, beispielsweise bei Erkältungskrankheiten, durch die Luft übertragen, in anderen wiederum, wie bei dem hochinteressanten Virus, das die Aids-Epidemie verursacht, in den Körperflüssigkeiten enthalten.

Dieser durch Flüssigkeiten übertragene Virus hat eine bemerkenswerte Fähigkeit, sich in der Welt auszubreiten. Und sogar in einer äußerst unwirtlichen Umgebung zu überleben.«

Zum Hüsteln in den Kirchenbänken hatten sich jetzt einige sanfte Proteste gesellt. Die jedoch sogleich von indignierten Freunden der Ordnung in der Gemeinde zum Verstummen gebracht wurden. Sollte es dem Pastor etwa nicht gestattet sein, von der Kanzel herab zu reden? Sollte dieser – offenbar hochgelehrte – und genau wie alle anderen Sonntagsprediger völlig unbegreifliche Pfarrvikar seine evangelische Botschaft unter dem Kirchengewölbe etwa nicht frei verkünden dürfen? Man war hier schließlich nicht in Russland?

Pfarrvikar Arne B. Häggqvist fuhr indessen unbeirrt in seiner Darstellung fort:

»Bedenken wir aber, wie viel schlimmer es um diesen Mikroorganismus bestellt sein könnte.

Wie würde es aussehen, wenn sich das HIV-Virus durch die Luft übertrüge? Gewiss hätten wir uns nicht an diesem schönen Frühsommertag hier versammeln können!«

Ein ohrenbetäubender Donnerhall – es war, als hätte

der Blitz diesmal tatsächlich in den Kirchturm eingeschlagen, und es dauerte einen Augenblick, bis Wände und Fensterscheiben aufhörten zu zittern – schien die Worte des Redners noch zusätzlich unterstreichen zu wollen.

»Nun fragt sich jedoch unser angenommener Zweifler vielleicht in seiner Verstockung – oder sollten wir lieber sagen, in seiner Ratlosigkeit:

Drückt sich in alledem nicht vielmehr eine *untere*, eine niedere Natur aus, eine Natur, die kein Naturfreund zu bewahren oder zu beschützen trachtet, ja, eine Natur, die der Menschheit seit Urzeiten und für immer als der eigentliche Feind erscheinen muss und die vielleicht tatsächlich aus einer ganz anderen, einer dämonischen Quelle stammt, die nichts ... ja, wirklich und buchstäblich *nichts* ...«

*

Die restlichen Worte des Pfarrvikars übertönte (glücklicherweise, mag der eine sagen, unglücklicherweise, der andere) ein enormer Donnerschlag, der durch die ganze Kirche dröhnte, als wolle eine höhere oder niedere Macht ihre Zustimmung bekunden. Man verkroch sich immer tiefer in die Kirchenbänke. Niemand konnte sich erinnern, vor Mittsommer ein so imponierendes Gewitter erlebt zu haben. Jedenfalls nicht auf dieser Seite des Sees.

Draußen ging jetzt offenbar ein Hagelschauer nieder und nur die schön bemalten Kirchenfenster hinderten Stubben daran zu sehen, was so deutlich zu hören war; die tausend wütenden kleinen Knöchel des Hagels, die gegen Blechdach und Fenster hämmerten. Das Gewitter war jetzt offenbar direkt über ihnen. Es war pechschwarz vor den Fenstern und in einem Land mit einer anderen Landwirtschaftspolitik hätten sich die Anwesenden bestimmt um die Überlebenschancen der frisch gekeimten Saat gesorgt.

Der Einzige, der in dieser Lage vollständig unbeschwert wirkte, war der Pfarrvikar, der in einem ruhigen und leiernden Ton, wie es einem Prediger am zweiten Sonntag nach Trinitatis ansteht, seine für einen Augenblick unterbrochene Rede wieder aufnahm:

»Liebe christliche Freunde! Von so törichten Fragen zur moralischen Verantwortung des Schöpfers für sein Werk oder gar nach der moralischen Zurechnungsfähigkeit des Höchstselben wollen wir uns nicht in Ratlosigkeit oder Zweifel stürzen lassen!

Das HIV-Virus weiß nichts von seiner Grausamkeit. Es will einfach nur leben. Es hat nicht die geringste Ahnung davon, dass es sich durch Unzucht überträgt, und es will für seinen Wirt natürlich nur das Beste, damit er möglichst lang bestehen bleibt – genau wie der Hautflügler, wenn er seine Eier in sein betäubtes Opfer legt, diesem Wirtstier nichts als Wohlergehen und Erfolg wünscht, auf dass es die kleinen Larven möglichst lange beherbergen möge.

Und ich kann nur wiederholen, was ich bereits angedeutet habe. Wie leicht hätte ein *unfreundlich* gesinnter Schöpfer uns in Bedrängnis bringen können, würde Sein grenzenloses Wohlwollen es Ihm nicht verbieten! Hätte Er dieses HIV-Virus nicht zu einem durch die *Luft* übertragbaren Virus mutieren lassen können? Schließlich wissen wir doch aus unserer Erfahrung mit den relativ harmlosen Erkältungskrankheiten, was auf diese Weise übertragene Mikroben anrichten können. Reicht doch im Winter ein einziges Niesen, um eine Grippeepidemie auszulösen!

In der Kirche!

Am Arbeitsplatz!

In der Schlange vor dem Spirituosenladen!

Und würden sich unsere menschlichen Lebensbedingungen unter diesen Umständen nicht radikal verändern? Bestimmt hätten wir uns an diesem schönen Sommersonntag hier nicht versammeln können, denn das kleinste Niesen oder Husten würde reichen, um unser Leben zu beenden.«

Erneut unterbrach ein fürchterlicher Donnerschlag diese skandalöse Predigt und in der folgenden plötzlichen Stille hörte man eine empörte Stimme brüllen, dass es unter den mittelalterlichen Gewölben widerhallte:

– Jetzt ist verdammt noch mal Schluss mit diesem Blödsinn!

Es war der in normalen Situationen nicht ganz so rhetorisch und cholerisch ausdrucksvolle Kirchfensterspender Viktor J. Sachsberg, der auf diese västmanländisch aufrichtige Art sein Bedürfnis nach Kritik an der Predigt ausdrückte, das mittlerweile wohl die meisten der Anwesenden teilten. Obwohl keiner so treffende Worte dafür gefunden hätte wie der derzeitige Besitzer des Hofs Nybygget, ein kräftiger, stämmiger Mann um die siebzig mit kurz geschnittenen grauen Haaren, der beim Sprechen wütend seinen eleganten Spazierstock mit Silbergriff schwenkte. Nun ertönten im Kirchensaal zustimmende Rufe aus verschiedenen Richtungen und davon bestärkt, mit vor Ärger hochrotem Gesicht, fuhr Herr Sachsberg fort:

– Zahlt man Kirchensteuer, um sich einen so verfluchten Mist anhören zu müssen?

Selbst das Grollen des Gewitters konnte den Tumult nicht übertönen, der jetzt in der Kirche ausbrach. Leute erhoben sich, um sich ebenso plötzlich und ratlos wieder zu setzen. Eine offenbar leicht hysterische ältere Dame ganz in der Nähe von Stubben kreischte, man solle die Polizei rufen, während ein jüngerer Mann in Lederjacke, den keiner richtig kannte, genauso energisch durch die ganze Kirche rief: »In diesem Land herrscht doch Meinungsfreiheit«, und die Kirche anschließend sofort verließ, als könne er das ganze Spektakel nicht länger ertragen.

Der bedauernswerte Kirchendiener Andersson, ein Ehrenmann, Vater von sieben Kindern und außerdem Besitzer eines Steckschlüssels, der noch in seinem Schubfach in der Abstellkammer neben der Sakristei lag, ein Mann, der es wirklich nicht verdient hatte, in diese peinliche Situation zu geraten, war jetzt zu dem Schluss gekommen, dass dem Pfarrvikar, der mitten in dem Tumult da oben unter dem Baldachin stand und mit einem einfältig milden Lächeln auf seine aufgebrachte Gemeinde hinabschaute, vermutlich, wie es heißt, etwas *Psychisches* zugestoßen war. Irgendwo musste man schließlich die Grenze zwischen Tiefsinn und Wahnsinn ziehen. Herr Andersson fand, diese Grenze sei nun erreicht, und eilte in die Sakristei, um einen Krankenwagen aus Fagersta zu rufen.

Es war ja Sonntag und gar nicht leicht, jemand beim Notruf an den Apparat zu bekommen. Die Gemeinde hatte sich mittlerweile in heftig debattierende Grüppchen aufgelöst. Als die Sanitäter schließlich mit Blaulicht und Sirene eintrafen, fluchten sie in breitem Dialekt, weil sie ihr friedliches sonntägliches Kartenspiel auf der Krankenstation hatten unterbrechen müssen, bloß um festzustellen, dass der Patient nirgends zu sehen war.

Er war nicht aufzufinden, der arme außerordentliche Pfarrvikar Arne B. Häggqvist. Keiner hatte so recht den Mumm gehabt, ihn festzuhalten. Und jeder hatte gedacht, der andere hätte die lästige Aufgabe übernommen, den armen Kerl zu überwachen. Er war wie vom Erdboden verschluckt.

Man stelle sich vor, genau das wäre wirklich der Fall!

Die Kirchenbesucher hatten unterdessen lebhaft schwatzende Gruppen draußen auf dem Kirchplatz gebildet, wo der Regen in Rinnsalen versickerte und die Blumen gravitätische Anstrengungen machten, sich nach dem Hagel wieder aufzurichten, während ein schüchterner Sonnenschein versuchte, die Landschaft allmählich zurückzuerobern.

Aber der sonderbare Pfarrvikar war und blieb verschwunden.

Stubben sah endlich seine Chance. Das musste doch der richtige Augenblick sein, um heimlich in die Sakristei zu schleichen und aus dem Steckschlüsselsortiment, das Andersson in der Abstellkammer aufbewahrte, den für die Zündkerze passenden herauszusuchen. Er wusste genau, wo die Steckschlüssel lagen. Stubben hatte ein bemerkenswertes Talent, immer zu wissen, wo sich alles in dieser Landschaft befand.

Schubladen und Schränke haben ein so viel besseres Gedächtnis als Menschen. Die Gegenstände sind geschickt, wenn auch auf andere Art. Sie vergessen beispielsweise nie, wo sie liegen.

Wenn er den feuchten Zylinder des Motors erst gelüftet hätte, wäre er bestimmt bald wieder unterwegs auf seinem Liefermoped. Falls der Motor nicht einfach bei Beginn des Regens wegen Sauerstoffmangels gestreikt hatte, musste der Fehler dort liegen. Und wenn Sauerstoffmangel das Problem war, würde er sowieso bald wieder starten. Ganz von selbst.

Die Architektur der Kirche von Väster Våla ist nicht besonders bemerkenswert und unterscheidet sich in keinem einzigen Punkt von dem, was in solchen kleineren mittelschwedischen Kirchen üblich ist. Durch zwei seit undenklichen Zeiten geteerte Türhälften, von denen nur die eine gewöhnlich offen ist, gelangt man in die kahle Vorhalle mit dem hohen Gewölbe und einem Messingkronleuchter aus dem Skultunawerk an der Decke. Linkerhand steht ein Tisch mit einem leicht vergilbten Stapel von Broschüren über die Kirche. Geradeaus liegt der Eingang zum eigentlichen Kirchenraum, der weiß getüncht und hübsch und ganz gewöhnlich ist. Falls es alte Wandmalereien gab, müssen sie Anfang des 19. Jahrhunderts übermalt worden sein. Links befindet sich die Sakristei. Mehrere Eichenschränke enthalten die priesterlichen liturgischen Gewänder und diverse andere Kirchentextilien für verschiedene Jahreszeiten und Anlässe, alle tadellos von Kirchendiener Andersson gewaschen und gebügelt, der seine Ehre dareinsetzte, solche Arbeiten nicht außer Haus zu geben.

Ein stattlicher Rollschreibschrank mit einer feinen alten Tischlampe aus Messing und ein uralter Stuhl, vielleicht aus der karolinischen Zeit, mit strengen, hohen Armlehnen, geeignet, Seine Hochwürden den Bischof von Västerås bei dessen Bischofsvisitationen hineinzusetzen, vervollständigen die Einrichtung.

Nein. Nicht ganz. Denn an der Wand, unter einem Fenster mit einer fast meterdicken Fensternische, steht die massive alte Kollektenkiste aus Eichenholz. Und gleich daneben, links von dem stilvollen Portrait des Propstes Linnqvist aus dem frühen 19. Jahrhundert, befindet sich eine tiefe Abstellkammer mit Regalen, wo Kirchendiener Andersson seine Werkzeuge verwahrt, für Ölheizung und Rohrleitungen und klemmende Türen und Türschlösser und vieles andere mehr.

*

Zu dieser Abstellkammer war Stubben mit raschen Schritten unterwegs, als er plötzlich merkte, dass in dem Raum nicht alles zum Besten stand. Im Gegenteil: *Hier sah es wüst aus.*

Im zunehmenden Licht des jetzt rasch wiederkehrenden schönen Wetters wurde deutlich, dass jemand alles durchwühlt hatte, als wäre ein Wirbelsturm durch die Sakristei gefegt. Der Teppich, ein sehr großer handgeknüpfter Teppich – gestiftet von einem Nähkränzchen –, war in einer Ecke zusammengeschoben. Als hätte jemand nach einer Luke im Boden gesucht. Die Standuhr, ein schönes altes Stiernsund-Modell, stand schief, als hätte jemand darin herumgestochert, sie vielleicht sogar auf den Kopf gestellt. Und der Rollladen des Schreibschranks war hochgeschoben, offenbar mit Gewalt, so schräg eingeklemmt, wie er jetzt dahing. Die Schubladen waren herausgezogen und lagen kreuz und quer herum, Stapel von Sonntagspredigten waren respektlos überall am Boden verstreut.

Stubben hörte hinter sich einen Ausruf der Überraschung.

– Zum Donnerwetter!

Es war Direktor Sachsberg, der da stand. Und er wirkte wie erstarrt, fast wie eine Statue. Mit einem strengen Ausdruck im Gesicht, den Spazierstock zu einer Geste erhoben, die halb deutend, halb warnend war, zeigte er auf den Schreibschrank.

– Was für Vandalen waren das? Unerhört! In der Sakristei unserer Kirche!

– Das Gewitter kann es wohl nicht gewesen sein, meinte Stubben.

– Wer weiß. Vielleicht ein Kugelblitz, schlug der Kirchendiener Andersson vor. Es heißt, Kugelblitze könnten in einem Zimmer herumrasen und Vorhänge zerfetzen und Bilder von den Wänden reißen.

– Bestimmt nicht, sagte Professor Molander und drängte sich am Kirchendiener vorbei. Kugelblitze brechen keine Schlösser auf. Eher schweißen sie welche zusammen.

Er machte eine kurze Pause und fuhr dann fort:

– Das erklärt ja den ganzen peinlichen Auftritt mit

diesem komischen Pastor und seiner sonderbaren Predigt. Nicht wahr? Das alles diente dazu, die Aufmerksamkeit abzulenken. Stellen Sie fest, wer dieser Pastor ist, und Sie werden bald wissen, wer hinter all dem steckt – hinter dieser Kirchenschändung. Sie haben ja diesen jungen Mann in der Lederjacke gesehen, der die Kirche verließ. Finden Sie ihn und alles wird sich klären!

Molander wirkte überaus erregt.

– Aber was um Gottes willen können sie hier gesucht haben, wenn nicht Wertsachen?

Alle waren sie genauso perplex. Vorsichtig bückte sich Andersson und hob einen Messingleuchter auf, dessen Kerze in drei Teile zerbrochen war. Der Suchende oder die Suchenden hatten es offenbar furchtbar eilig gehabt.

– Vielleicht haben sie gefunden, was sie suchten. Wenn das stimmt, werden wir nie erfahren, was sie gefunden haben, bemerkte Stubben. Nur wenn wir wissen, was sie suchten, können wir wissen, was sie gefunden haben. Und nur wenn wir wissen, was sie gefunden haben, können wir wissen, was sie suchten. Was sie übersehen haben, kann ja alles Mögliche sein.

Aber niemand hörte ihm richtig zu. Die Leute kümmerten sich im Allgemeinen nicht darum, was er sagte. Und das war eine sehr schlechte Angewohnheit.

Sie ahnten ja nicht, was ihnen alles entging.

Außer dem Kirchendiener waren jetzt drei verstörte Personen im Raum. Stubben oder Sture, wie er eigentlich heißt, Professor Molander und Direktor Sachsberg von Nybygget.

Kurz ging Stubben der Gedanke durch den Kopf, dass sie vielleicht alle etwas gemeinsam hätten.

Diese drei. Direktor Sachsberg, der Professor und Nobelpreisträger Molander. Und ein Dritter. Der er selber war.

Aber jetzt nehmen wir die Ereignisse voraus. Tatsächlich begann diese rätselhafte und peinliche Geschichte zweieinhalb Wochen früher. Nein, auch das stimmt nicht ganz. Sie beginnt an einem anderen Ort, zu einer anderen Zeit: in Uppsala im Jahr 1951.

Eine Winternacht in Uppsala im Jahr 1951

In einer Winternacht im Jahr 1951 brannte Die Speisekammer ab. Es ging erstaunlich schnell, lebensgefährlich schnell. Vielleicht, wie manche sagten, weil das ganze Haus aus trockenem alten Holz bestand. Oder, wie viele andere meinten, weil Benzin im Spiel gewesen war. Jemand hatte das Feuer mit Benzin beschleunigt.

Mit ihren dunklen Fluren auf drei Stockwerken, mit ihrem hartnäckigen Geruch nach morschem, trockenem Holz, den kleinen zugigen Zimmern und schrecklich undichten Kachelöfen war Die Speisekammer das billigste Wohnheim für Studenten in Uppsala.

Das Uppsala der Nachkriegszeit war überhaupt nicht die verhältnismäßig wohlhabende und florierende Stadt, die es heute ist, mit einer Autobahn nach Stockholm und mehreren großen Arzneimittelfabriken und Hochtechnologie-Anlagen. Uppsala in den Fünfzigern war eine alte schwedische Holzstadt, wo der Schneesturm um die Ecken pfiff, weil alle Winde von Norden kamen und die Bevölkerung, arm und gerissen, überwiegend davon lebte, verfrorene und hungrige Studenten zu unterrichten oder ihnen ihr Geld abzuknöpfen.

Manche Studenten wohnten in düsteren Zimmern bei bösartigen alten Damen, andere in privaten Gebäuden, oft aus Holz, in denen nur Einzelzimmer vermietet wurden. Das erste richtige Studentenheim, genannt Klosettpalast, weil sich am Ende jedes Gangs ein Klosett befand, wurde gerade in der Linnégatan gebaut. Heute heißt es Hotel Linné. Aber die meisten größeren Wohnheime sahen damals aus wie Die Speisekammer. Oft mit ziemlich verschrobenen Besitzern. Und es war ein Wunder, dass diese Bruchbude auf halber Höhe der Börjegatan nicht schon längst abgebrannt war. Die Studenten heizten ihre Zimmer mit Kachelöfen und elektrischen Heizstrahlern von der wirklich feuergefährlichen Sorte, wie sie damals üblich waren.

Außer den Studenten wohnten da allerlei Mädchen. Also nicht *Studentinnen*, sondern *Mädchen*. Damals machte man diese Unterscheidung. Vor allem Finninnen. Die alteingesessenen Studenten waren mit ihnen befreundet, und wenn die Mädchen nicht gerade Kunden hatten, die ihre Aufmerksamkeit verlangten, spielten sie gern Doppelkopf oder Poker mit ihnen. Es war eine richtig nette Clique, die sich an Winterabenden meist kurz vor dem Läuten der Gunillaglocke traf. Die Mädchen oft in etwas schlampigen Morgenmänteln, allerdings mit warmen Nachthemden darunter, denn es war höllisch kalt. Und manchmal standen ein paar Gläser Portwein auf dem Tisch. Aber sonst nichts.

Meistens fanden die Kartenspiele in Bloms Zimmer statt. Es eignete sich am besten dafür, da es einen der größten Kachelöfen besaß und außerdem einigermaßen dichte Fenster hatte. Arne Blom, geboren 1925 und im Jahr 1951 also 26 Jahre alt, bereitete sich seit ungefähr sechs Jahren auf das erste theologische Examen vor. Er hatte Probleme mit dem Hebräischen. Professor H. S. Nyberg war als strenger Prüfer bekannt. Trotzdem liebten ihn seine Studenten. Aber verdammt streng war er. Bei seiner letzten Prüfung hatte Arne Blom einen Imperativ blind zu erraten versucht, worauf sich der Professor in seinem Lehnstuhl mit einem schallenden Gelächter zurückgeworfen hatte, das bis weit hinaus auf die Johannisgatan zu hören war. Ha – diese Form existiere nur in der *akkadischen* Sprache! Ob sich der Kandidat fürs *Akkadische* interessiere? Manchmal konnte das Leben die reinste Hölle sein.

Wie sich Arne Blom vom Ende der Vierziger- bis in die Fünfzigerjahre als Student versorgt hatte, ist ungewiss. Vielleicht lebte er von seinen Freunden. Das war im Uppsala der Fünfziger gang und gäbe. Man stellte sich gegenseitig Wechsel aus, man lieh und pumpte sich an und schlug sich durch.

Jedenfalls, als Die Speisekammer in einer Februarnacht 1951 in Brand geriet, war Arne Blom einer der Ersten, die den Rauchgeruch bemerkten. Er trat in den Gang hinaus und erkannte sofort, dass es blitzschnell zu handeln galt, wenn überhaupt jemand überleben sollte. Wie, wusste er hinterher selber kaum, aber er holte sie alle heraus. Einschließlich der Mädchen, die später zitternd und in Feuerwehrmäntel gehüllt vor dem Haus standen, während die Flammen sich durchs Dach fraßen. Arne Blom rettete die Bewohner der Speisekammer, doch es wurde ihm schlecht gelohnt. Die Mädchen, unglücklich draußen in der Kälte stampfend, waren erzürnt, weil sie ihre Handtaschen mit den gesamten Ersparnissen und ihre übrigen Siebensachen hatten zurücklassen müssen. (Was solche Mädchen wohl besaßen? Teddys aus der Kindheit? Eine Porzellankatze, im Frühjahr 1944 im Stockholmer Tivoli gekauft? Ein Foto von Papa und Mama in feierlicher Sonntagstracht?) Und die anderen Studenten starrten Arne an, als wäre er der Schuldige.

Bald darauf machte im Luthagenviertel ein Gerücht die Runde, es sei Brandstiftung gewesen. Es hieß, der Schwarzmarktbaron Holger Andersson, dem die Bruchbude gehörte, hätte das Feuer gelegt, um die Versicherung zu kassieren, oder ein böswilliger Konkurrent dieses Slumlords hätte es getan. Aus Sicht der Mieter war das ja gehupft wie gesprungen. Zu guter Letzt gab es eine polizeiliche Ermittlung gegen Andersson wegen Verdachts auf Versicherungsbetrug und gemeingefährlicher Fahrlässigkeit, schließlich sogar wegen Brandstiftung.

In diesem Zusammenhang, nicht durch die Rettungsaktion, kam Blom zu kurzfristiger, aber intensiver Publizität und öffentlichem Ruhm. Der Prozess am Amtsgericht war in sein entscheidendes Stadium getreten, als mithilfe der Zeugen festgestellt werden sollte, wann genau der Brand entdeckt worden war. Der Angeklagte hatte behauptet, er sei zum fraglichen Zeitpunkt, abends um neun Uhr dreißig, in Stockholm gewesen, und dies wurde von einem Bekannten bestätigt, den er vor der berüchtigten Bierkneipe am Zentralbahnhof getroffen hatte.

Blom wusste aber, dass er den Brandgeruch bereits um neun Uhr wahrgenommen hatte, beim Läuten der Gunillaglocke. Er erinnerte sich nämlich genau, welches Pokerblatt er beim Glockenschlag auf der Hand gehabt hatte. Zur allgemeinen Überraschung und vor aller Augen zog er einen Packen verrußter Spielkarten aus der Brusttasche seines Jacketts.

– Was ist das?, fragte der Amtsrichter einigermaßen verblüfft.

– Das ist das Blatt.

– Was für ein Blatt?

– Ein Dreier mit Königen!

– Das sehe ich, aber was sollen wir damit?

– Dieses Blatt hatte ich, als ich den Rauch bemerkte, Herr Amtsrichter. Und dieses Blatt hatte ich Schlag neun. Ich weiß es genau, weil die Gunillaglocke läutete.

Diese unsterbliche Episode aus dem Gerichtssaal erschien in den Prozessberichten sämtlicher Zeitungen, sogar in der überregionalen Presse. Die Reporter konnten sich das sozusagen nicht entgehen lassen.

Blom genoss die kurze, intensive Phase der Berühmtheit. *Dagens Nyheter* stellte ihn als einen waschechten Uppsala-Akademiker dar. *Sydsvenska Dagbladet* lobte das außergewöhnliche Gedächtnis des Theologiestudenten Arne Blom. Wäre es heute gewesen und nicht Anfang der Fünfzigerjahre, hätte man ihn zu diversen Talkshows eingeladen. Er hätte auf den Studiosofas gesessen und gelabert. Wochenlang.

Nur nebenbei sei erwähnt, dass der Slumlord wegen lebensgefährlicher Brandstiftung und Versicherungsbetrugs zu einer langen Haftstrafe verurteilt wurde und sich kurz darauf in seiner Zelle erhängte.

Wie es eigentlich dazu kam, bleibt im Ungewissen,

aber für Blom wurde diese Episode schicksalhaft. Er hatte seine Berufung und seine Lebensaufgabe gefunden: für Wahrheit und Recht zu wirken und als Kriminalbeamter alles Unrecht zu bekämpfen. Er sattelte von Theologie auf Jura um. Absolvierte in vier Jahren sein Studium und landete nach verschiedenen Abenteuern während der Zeit als Gerichtsreferendar schließlich beim Kriminalkommissariat von Stockholm, dem berühmten Krim. Dort brachte er es mit der Zeit zu einigem Ansehen.

Gewiss war er ein Original. Aber eins der intelligentesten Originale, die es dort je gegeben hat. Als junger Kriminalassistent wurde er auf die so genannten Strahlentanten angesetzt. So hießen sie damals. Mit Strahlentanten hatte er eine fabelhafte Hand. Stundenlang hörte er ihnen in seiner verständnisvollen, etwas pastoralen Art zu. Wenn sie von rätselhaften, scharrenden Geräuschen erzählten, die von der Wand der Nachbarwohnung kamen. Oder von den elektrischen Strahlen, die diesen armen Frauen durch Mark und Bein gingen, den Vorgängerinnen der modernen Damen, die Allergien durch Hochspannungsleitungen bekommen.

Seinen Durchbruch hatte Arne Blom jedoch zwei oder drei Jahre später, als er einen großen, organisierten Bankraub aufklärte, indem er einer Strahlentante aufmerksam genug zuhörte. Sie wohnte nämlich zufällig, ohne es zu ahnen, draußen in Essingen Wand an Wand mit dem Chef der Bankräuberbande. Niemand anders als Blom hätte das fertig gebracht.

Mit den Jahren wurde er ein ziemlich hohes Tier. Er machte Karriere, aber nach außen hin war das kaum zu merken. Was für große und dramatische Ermittlungen er auch leitete, immer saß er pünktlich um 17 Uhr 10 im Pendelzug nach Uppsala.

Blom war damals wirklich das große Genie der Kripo. Ein Sherlock Holmes im Stockholm der Sechziger- und Siebzigerjahre. Die Kombination von unglaublicher Pedanterie und einer völlig exzentrischen Intelligenz war unschlagbar. Übrigens war er derjenige, der ein bombensicheres System fand, um vorherzusagen, wann die Reichsbank den Zins erhöhen würde. Möglich, dass er daraus Kapital schlug, aber vermutlich nicht. Er *hätte* daran verdienen können. Ihm war aufgefallen, dass die einzigen Tage, an denen Bankkommissar Kurt Eklöf in dem Abteil fehlte, wo man ihn sonst zuverlässig antraf zusammen mit dem hochgelehrten Feuilletonchef von *Svenska Dagbladet*, Dr. Leif Carlson, und dem jungen Verlagslektor Lars Gustafsson, pünktlich wie ein Uhrwerk und immer auf demselben Platz mit seinem Stapel von internationalen Zeitschriften, mit den Tagen übereinstimmten, an denen der Zentralbankrat eine außerordentliche Sitzung in der Reichsbank hatte. So einfach war das!

Von den Motorradbanden der Fünfziger bis hin zu raffinierten Sexualmördern, russischen Spionen und Alkoholschmugglern, die in geradezu industriellen Dimensionen operierten – dieses Spektrum war nur ein Teil der Kriminalität, der sich der Name Arne Blom im Lauf der Jahre nachdrücklich einprägte. Es heißt sogar, Blom hätte Oberst Stig Wennerström enttarnt, den Hochverräter, der Anfang der Sechziger die gesamte schwedische Luftabwehr an die Russen verriet. Nur dass die Sicherheitspolizei später den ganzen Ruhm für sich beanspruchte. Blom hatte nämlich Bekanntschaft mit einer Mitarbeiterin in der Bücherei der Streitkräfte geschlossen, der aufgefallen war, dass der Oberst erstaunlich viele Bücher entlieh und sie viel zu rasch wieder zurückgab, als dass er sie hätte lesen können. Ob wahr oder nicht, mag dahingestellt sein, aber wenn es wahr ist, hat Blom den Tipp jedenfalls weitergegeben.

Bloms Ermittlungsmethoden waren sonderbar passiv. Selten oder nie verließ er sein verräuchertes und chaotisches Zimmer beim Krim, außer um sich in der Norma-Bar auf der anderen Straßenseite belegte Brote zu holen oder die Straßenbahn zum Zug nach Uppsala zu nehmen. Den größten Teil erledigte er telefonisch. Er rief an und stellte Fragen. Allen möglichen und unmöglichen Leuten. Viele Fragen. Seltsame Fragen. Aber es waren die richtigen Fragen. Seine Schlussfolgerungen zeigten manchmal einen eigenartigen Mangel an Rationalität. Oder, vielleicht besser gesagt, eine *andere* Art von Rationalität. Die erstaunlicherweise zum Ziel führen konnte.

Einmal überführte er einen brutalen Raubmörder, indem er unter fünf Verdächtigen denjenigen wählte, der das gleiche Geburtsdatum hatte wie sein Opfer. Daran hatte natürlich keiner, am wenigsten der Raubmörder, gedacht, aber es zeigte sich, dass Blom auf der richtigen Spur war. Je länger und hartnäckiger er ihn verhörte, umso unsicherer wurde der Verdächtige, egal ob Blom wirklich etwas wusste oder nicht.

Schon lange lachte man nicht mehr über ihn, wenn er in den Korridoren des Krim auftauchte, glatzköpfig, mit Wampe und – meistens – einem Zigarillo der Marke Matanzas in seinem buschigen Schnurrbart. Es kursierten allerhand Geschichten über ihn. Unter anderem spannte er angeblich seine Strahlentanten regelmäßig bei den Nachforschungen ein. Obwohl es längst nicht mehr seine Aufgabe war, ihre Gespräche entgegenzunehmen. Paranoid, wie sie waren, sahen sie mehr als andere Menschen. Sie gehörten zu der Sorte, die stundenlang am Fenster stehen und auf das Straßenleben hinausstarren, hinter der Gardine verborgen. Perfekte Späher, wenn man ihnen nur auftrug, wonach sie Ausschau halten sollten.

Überhaupt hatte er eine gute Hand mit Damen, besonders wenn sie etwas älter waren. Die älteren Damen fanden ihn Vertrauen erweckend.

Dann passierte etwas Überraschendes. Wie Aristoteles ganz richtig in seiner Poetik bemerkt: Es ist wahrscheinlich, dass etwas Unwahrscheinliches eintritt.

Es kam zu einem Wendepunkt. Arne Blom wurde ein Mordfall zugeteilt, bei dem es plötzlich so schien, als deute jeder Hinweis auf die hin, welche die Untersuchung leiteten. Es gab keinen Ausweg; jede Spur führte zurück in die Stockholmer Polizeidirektion, die damals politisch besetzt war. Und das Schlimmste war: Es war kein gewöhnlicher Mord. Es war ein Attentat.

Blom sah die Unmöglichkeit ein, auf einem solchen Fall zu beharren. Er sagte sich, dass er in den vergangenen Jahrzehnten genug getan hatte, um die Gerechtigkeit zu fördern und das Unrecht zu bekämpfen. Dezent zog er sich zurück, aber nicht ohne dass er seine Theorie einschließlich der daraus folgenden Beweisführung in einem Schließfach der Volksbank in Amsterdam deponiert hatte. Früher oder später, sagte er sich, wird die Regierung kommen, der es von Nutzen sein wird, diesen Fall noch mal aufzurollen, und dann wird der Name Arne Blom wieder ganz groß geschrieben. Er galt als »depressiv« und – wie es von Mitarbeitern heißt, welche die totale Sinnlosigkeit ihrer Tätigkeit erkannt haben – »ausgebrannt«. Natürlich hatte er keine Schwierigkeiten, sich vorzeitig pensionieren zu lassen, und zog, anscheinend mit einem Seufzer der Erleichterung, in ein dünn besiedeltes Gebiet in der tiefsten Provinz. Ins nördliche Västmanland. Genauer gesagt in ein ehemaliges Köhlerdorf oberhalb der Landstraße zwischen Sala und Norberg, wo er ein passendes altes Haus fand, mit einem ausgezeichneten Schießplatz zur Einfahrtstraße und den umliegenden Feldern hin. Nur dass sein Stacheldrahtzaun vielleicht ein bisschen aufwändiger wirkte als die sonst ziemlich einfachen Einfriedungen in jener Gegend.

Aber selbst da geschah es tatsächlich hin und wieder, dass dieser Mann, der anscheinend keine Freunde hatte – außer möglicherweise den nächsten Bauern und die Postfräuleins –, den einen oder anderen Privatklienten bekam. In unregelmäßigen Abständen und, wie es schien, fast gegen seinen Willen. Wie zum Beispiel in dem eigentümlichen und im Grunde vielleicht nebensächlichen Fall, von dem wir nun berichten wollen.

Jetzt geht es also um den Fall Blom und die zweite Magenta.

Die Hunde von Chicago

Es fing damit an, dass der bemerkenswerte Dr. jur. Arne Blom einen Anruf von Professor Molander bekam, dem alten Nobelpreisträger der Medizin. Blom kannte ihn flüchtig von den Festen des Studentenverbands im Uppsala der frühen Fünfzigerjahre. Dieser Professor, mittlerweile ebenfalls pensioniert, hielt sich meist auf seinem Hof im Dorf Bodarne am See Åmänningen auf und jetzt klang er erregt, um nicht zu sagen verängstigt.

Jemand sei hinter ihm her.

– Wer? Aus welchem Grund? Auf welche Weise?

Das wisse er nicht. Blom sei ihm von einem Kollegen empfohlen worden, dem Professor emeritus Haquin Sten Silfverståhl von der Wissenschaftsakademie. Anscheinend habe Blom einmal dessen Mutter geholfen, als man bei ihr eingebrochen hatte. Ja, er wisse, dass Blom jetzt pensioniert sei. Aber vielleicht wäre es trotzdem möglich, sich mal zu unterhalten? Er glaube, er habe den Rat eines Fachmanns dringend nötig. Und die gewöhnliche Polizei hier draußen in diesem absterbenden Landstrich hätte ja mittlerweile immer nur den Anrufbeantworter an.

Etwas in der Stimme des alten Professors brachte Blom zu dem Entschluss, die Sache ernst zu nehmen. Er ließ sich den Weg hinunter zum See erklären – der Hof lag zwischen einer Hand voll scheinbar planlos verstreuter Strandhäuser im Dorf Bodarne an einem leicht ansteigenden Hang, wo man häufig Habichte in den Aufwinden vom größten See Västmanlands segeln sah.

Sicher gab es Kriminalität in dieser Gegend, ziemlich viel sogar. Aber gewöhnlich war sie von anderer Art. Die Polizei von Västmanland verlässt äußerst ungern die Provinzhauptstadt Västerås, wie der erfahrene Kriminalreporter der *Vestmanlands Läns Tidning* gern sagte, da der unerfahrene und großenteils schutzlose Polizist sich in dieser ländlichen Gegend mit unerwarteten Problemen konfrontiert sah, der Stütze und Hilfe seiner Kollegen beraubt, wie er es ja notwendigerweise allein da draußen in seinem Streifenwagen war.

Und da mochte etwas Wahres dran sein. Tatsächlich hatten die Einwohner dieses verlassenen und reich bewaldeten Landstrichs jahrzehntelange Übung darin, ihre Probleme ohne Einmischung der Polizei zu lösen. Vielleicht handelte es sich sogar um die Praxis von Jahrhunderten.

Der Eierhändler mag als Beispiel dienen. Mit seinem Gefolge von angestellten Einbrechern hatte der Eierhändler die Sommerhausbesitzer im weiten Umkreis geplagt. Im Sommer war er mit dem Eierauto herumgefahren und hatte sozusagen ausgekundschaftet, wo sich die Antiquitäten befanden. Und wo die Bootsmotoren gelagert waren. Im Spätherbst folgten die Einbrüche, wenn seine meist drogenabhängigen Helfer die Sommerhäuser der Reihe nach abklapperten.

Das Diebesgut wurde gewöhnlich auf Auktionen verkauft, allerdings nicht im näheren Umkreis.

Mit großer Aufmerksamkeit hatte Blom diese Entwicklung verfolgt. Es war jedoch ein rein akademisches Interesse. Er war eigentlich überzeugt, dass die örtliche Bevölkerung derlei Probleme am besten auf eigene Faust löste.

Blom hatte so seine Vermutungen. Und es kam genau, wie er es sich gedacht hatte. Der fahrende Eierhändler mit seinem mittlerweile recht bekannten Lieferwagen war also bei einer mehr oder weniger spontan einberufenen Bauernversammlung der eher mittelalterlichen Art, als die Vorfahren ihre Konflikte ohne Einmischung der Hauptstadt lösten, darauf hingewiesen worden, dass es auf Dauer seiner Gesundheit schaden könnte, wenn er ein immer größeres Netz von Dieben und Hehlern organisierte.

Als Nächstes geschah es, dass der Eierhändler verschwand. Vielleicht war er verreist?

Es dauerte ganze zwei Jahre, bis sein Wagen zufällig gefunden wurde. Und zwar auf dem Grund eines Weihers im Hällawald. Vom Eierhändler keine andere Spur als ein Stiefel, der offenbar durch irgendein Missgeschick in eine von der Forstverwaltung in einer Waldlichtung abgestellten und vergessenen Schottermühle geraten war.

Es war nichts Besonderes an diesem Stiefel. Nur dass er die Überreste von einem Fuß enthielt. Von einem echten Eierhändlerfuß.

Die Wegbeschreibung stimmte genau mit dem überein, was Arne Blom sich vorgestellt hatte. Mittlerweile trug er stets einen Satellitennavigator der Marke Magellan in der Jackentasche, denn er suchte – das war sein Hobby – seit Jahren im Hällawald nach einem legendären Schatz, über den er gewisse Informationen besaß.

Aber das ist eine andere Geschichte.

An diesem Donnerstagvormittag Ende Mai, an dem Blom sein Kommen versprochen hatte, stand Professor Theofil Molander im Hof an seiner Säge mit dem verstellbaren Sägerahmen und schnitt Holz zu stabilen Sechszollbrettern, die er zur Verstärkung eines immer bedrohlicher einsinkenden Scheunendachs brauchte.

Sägespäne bedeckten sowohl den Overall wie seine von zahllosen Schweißfunken gesprenkelte Brille mit ihrer ziemlich ramponierten Aluminiumfassung. Mit den kleinen, präzisen Bewegungen eines Laboranten lenkte er die Stämme in den Sägerahmen und freute sich insgeheim an dem Gedanken, dass dieser Vormittag ihm vermutlich dreißig- bis vierzigtausend Kronen sparte, die das Material bei Hedins Holzhandlung in Fagersta ungefähr gekostet hätte. Zuzüglich des Transports, der heutzutage nicht gerade billig war. Kein schlechter Schnitt, musste man sagen. Der Lärm der Säge war ohrenbetäubend, aber den Professor störte das wenig, da er mit einem soliden Gehörschutz ausgestattet war.

Das schnurlose Telefon, das hinter ihm lag, mochte läuten, so viel es wollte. Er konnte es sowieso nicht ausstehen und betrachtete es vor allem als eine Sache, die seine längst erwachsenen Kinder ihm aufgezwungen hatten, da er nun mal mit seinen über siebzig Jahren darauf bestand, allein mit Holzstämmen und Sägerahmen zu hantieren.

Alles, was Theofil Molander tat, war von Genauigkeit, Ordnungsliebe und Effizienz geprägt. Die Seilwinde, die er am Dach installiert hatte, um die Stämme in die richtige Lage zu dirigieren, war seine eigene Erfindung, genau wie der elastisch federnde Holzrost, auf dem er stand, um Rückenschmerzen vorzubeugen. Er liebte diese Jahreszeit, denn jetzt konnte er hier draußen in Bodarne ganz allein für sich herumwerkeln. Nur zu bald würde es wieder Herbst werden und damit Zeit, zu Sitzungen der Wissenschaftsakademie und zum Nobelfest und diversen Familientreffen nach Stockholm zu fahren.

Aber noch herrschte der Frühsommerwind, die milde gleichmäßige Brise, die stets von Osten nach Westen ging.

Der Frühsommerwind. Und, um ehrlich zu sein, herrschte in Molanders Gemüt auch eine gewisse Schadenfreude. Woher sie rührte, können wir noch nicht ahnen.

Der Sägerahmen schepperte und knirschte und der Duft des frisch gesägten Holzes mit seinen feinen Noten von Terpentin und Harz lag balsamisch in der Luft.

– Hallo, hab ich Sie erschreckt? Das war wirklich nicht meine Absicht.

Wie stets, wenn jemand zeigte, dass er Angst vor ihm hatte, fühlte sich Blom ein klein wenig gekränkt. Der Professor war rasch einen Schritt zurückgewichen, ja, seine Augen hatten einen erschrockenen Ausdruck angenommen. Fast als hätte man ihn bei etwas Verbotenem ertappt. Als hätte Arne Blom einen Gedankengang unterbrochen, den der Professor am liebsten für sich behalten hätte.

– Mein Name ist Blom. Sie haben mich gestern angerufen, Herr Professor. Ich habe mich bemüht, so schnell wie möglich zu kommen.

– Ah, Blom. So sehen Sie also aus. Ich hatte nicht so früh mit Ihnen gerechnet. Aber seien Sie willkommen.

Endlich stellte der Professor den Elektromotor der Säge ab, zog den Handschuh von einer starken, schmalen und bestimmt ungeheuer geschickten Rechten und ergriff mit überraschender Kraft Bloms Hand.

– Willkommen. Herzlich willkommen. Natürlich. Man kann ja nur hoffen, dass Sie etwas gegen diese dummen Sachen unternehmen können.

In Bloms Augen blitzte es kurz auf. In der Hand hielt er ein Exemplar von *Svenska Dagbladet*, das er gerade geschwenkt hatte, um den alten Herrn auf sich aufmerksam zu machen.

– Heute Nacht hat jemand einen toten Fuchs an die Wand meiner Veranda genagelt. Ich habe keine Ahnung, was hier vorgeht und wohin das alles führen soll.

Man hätte ihn totschlagen können, ohne dass er es merkte, dachte Blom mit leisem Unbehagen. Er hätte nichts gehört, bevor es zu spät gewesen wäre.

– Ich dachte, ich nehme gleich Ihre Post aus dem Kasten, wenn ich schon dran vorbeikomme.

– Ja, freilich.

Theofil Molander schnappte sich die Zeitung, fast ein bisschen zu schnell für eine höfliche Person.

– Komisch, sagte er. Seit Jahren ist *Svenska Dagbladet* in einer Plastikhülle gekommen. Aber jetzt wird sie wieder unverpackt ausgetragen.

Es war ein Gedanke, den Blom kaum aufnehmen

konnte, bis eine Ansichtskarte aus der Zeitung fiel. Mit gerunzelter Stirn warf der Professor einen Blick darauf und ließ sie rasch in der Gesäßtasche verschwinden. Fast als wäre sie zu heiß, um sie in der Hand zu halten. Dann überlegte er es sich genauso schnell anders, zog sie wieder heraus und reichte sie Blom. Sie zeigte den Bahnhof von Ängelsberg. Ein Personenzug mit qualmender Dampflok fuhr gerade ein. Diese Karte, die übrigens in Ängelsberg abgestempelt war, trug auf der Rückseite einen drohenden Text, leichtsinnigerweise auf einer altmodischen Schreibmaschine getippt.

Wenn das Entscheidende nicht im Rollschreibschrank hinterlegt wird, könnte es dem Professor ergehen wie den Hunden von Chicago. The Other Group.

– Da will mich offenbar jemand aus dieser Gegend vertreiben, sagte Professor Theofil Molander. Jemand, der anscheinend total verrückt ist. Zuerst diese sonderbaren Karten. Der Richtblock aus dem Londoner Tower, mit Beil und Hackklotz auf der ersten und auf der zweiten das alte Schulgefängnis Proban von Västerås. Und damit nicht genug. Jetzt auch noch der tote Fuchs an meiner Verandawand. Einfach scheußlich. Ein verdammt grausiger Scherz. Ich fühle mich meines Lebens nicht mehr sicher. Das mit dem Fuchs geht wirklich zu weit. Nächstes Mal nageln sie wohl mich fest. An die Wand.

– Ja, das sieht wirklich nicht gut aus. Aber gehen wir der Reihe nach vor, sagte Blom. Ich würde gern auch die anderen Karten sehen. Und mich würde interessieren, was mit dem Rollschreibschrank gemeint ist, ganz zu schweigen von den *Hunden von Chicago*.

– Möchten Sie nicht hereinkommen?, sagte der alte Professor niedergeschlagen.

– Gern.

– Allerdings ist es nicht besonders aufgeräumt.

– Dafür habe ich volles Verständnis. Aber eins muss ich doch bemerken, sagte Blom, als er höflich die zuletzt eingetroffene Karte an den Adressaten zurückgab. Seit Ende der Sechzigerjahre gibt es in Ängelsberg kein Postamt mehr. Wenn der Stempel echt ist, obwohl er ja sehr verwischt wirkt, muss die Karte spätestens 1967 aufgegeben worden sein. Ungefähr zu dieser Zeit wurde das Postamt geschlossen. Und das ist doch sonderbar.

– Ja, ich habe auch keine Erklärung dafür.

– Das ist schließlich auch nicht Ihre Aufgabe, Herr Professor.

Im Haus herrschte wirklich keine perfekte Ordnung; vor allem lagen überall gebrauchte Socken herum. Es schien, dass der Professor sie auszog, wenn sie nass waren, und sie einfach an Ort und Stelle fallen ließ, statt sie irgendwo zu sammeln. Bücher und Zeitungen, darunter Tageszeitungen aus früheren Jahren, stapelten sich turmhoch auf Stühlen und am Boden.

– Wie gesagt, das ist nun schon die dritte von diesen abscheulichen Karten. Hier sind die beiden anderen.

Sie sahen genauso aus, wie der Professor sie beschrieben hatte: auf der einen der Richtblock und das Beil des Scharfrichters aus dem Tower, auf der anderen Proban, der Karzer von Västerås, ein Schulgefängnis aus dem 17. Jahrhundert.

Auf der mit dem Richtblock stand:

Legen Sie die Magenta dahin zurück, wo sie lag, sonst kann es Ihnen wie umseitig ergehen: The Other Group.

Und auf der anderen stand:

Am zweiten Sonntag nach Trinitatis muss die Magenta wieder da sein. Dann ist die Zeit abgelaufen. Respectfully yours, the Other Group.

Blom untersuchte die Karten gründlich, bat um ein Vergrößerungsglas, drehte und wendete sie und plötzlich stieß er einen Pfiff aus. Es war jedoch kein Pfiff, den er zu erklären bereit war.

– Der zweite Sonntag nach Trinitatis ist, wenn ich mich nicht irre, Sonntag in zwei Wochen. Das heißt also, wenn ein Objekt namens Magenta dann nicht in einem gewissen Rollschreibschrank liegt, wird laut Absender etwas Unangenehmes passieren. Also, fangen wir mit dem Schreibschrank an. Was ist das für ein Möbelstück?

– Nun, ich bin mir nicht ganz sicher, aber ich habe eine Theorie. Tatsächlich hat sich ein Schreibschrank mit Rollladen in meinem Besitz befunden. Aber er gehört mir nicht mehr, er steht jetzt woanders. An einem Ort, wo sich nur die übelsten Schurken in böser Absicht hinwagen würden.

– Darf man fragen, was für ein Ort das ist?

– Freilich. Der Schrank steht in der Sakristei der Kirche von Väster Våla. Es war nämlich so, dass im Jahr

1963 oder 64 der Adoptivsohn des alten Bankdirektors Juhlin einen Teil des Inventars von Nybygget verkauft hat. Vermutlich, um die Erbschaftssteuer zu zahlen. Es war eine sehr lohnende Versteigerung. Unter anderem wurden einige der besten Bilder der Ängelsberger Künstlerkolonie angeboten, die um die Jahrhundertwende entstanden sind. Und etwas, das mich besonders interessierte, weil ich einen Ort brauchte, um Rechnungen und Quittungen und Verträge zu verwahren: ein feiner alter Rollschreibschrank. Mit einer Unmenge von Fächern und Schubladen. Ich habe ihn ersteigert. Ein schönes Stück. Ich hatte ihn jahrelang daheim, hier auf dem Land, meine ich natürlich.

– Befand sich etwas darin?

– Nichts Besonderes, soweit ich sehen konnte. Bis auf ein paar alte Frachtbriefe von Schiffern, die diverse Ladungen mit dem Dampfschiff Särna II befördert hatten. Ich erinnere mich nicht genau. Es ist ja schon viele Jahre her.

– Aha.

– Aber dann habe ich den Schrank verschenkt.

– Ach ja?

– Meine Frau wollte in diesem Zimmer unbedingt einen Blumenständer aufstellen. Sie hatte ja eine gute Hand mit Blumen. Und da habe ich ihn der Kirche von Väster Våla gestiftet. Na ja, besonders religiös oder kirchlich gesinnt bin ich zwar nie gewesen. Ich weiß nicht einmal, ob ich an Gott glaube. Nach allem, was ich in meinem Leben gesehen habe, ist das ein wenig schwierig. Ernsthaft gesprochen bezweifle ich, dass viele Chirurgen, die wie ich auf angeborene Hirnschäden bei Kleinkindern spezialisiert sind, an Gott glauben. Warum sollte man?

Aber den alten Pastor hier hatte ich sehr gern. Pfarrer Sohlberg war ein netter Kerl. Er stammte wohl aus der Gegend von Västerdalarna. Und er hat immer darüber geklagt, dass er in der Kirche keinen richtigen Platz zum Schreiben hätte. Er wollte seine Predigten nicht zu Hause verfassen. Warum, weiß ich nicht. Also habe ich den Schreibschrank der Kirche geschenkt. Er müsste immer noch in der Sakristei stehen. Aber ganz sicher bin ich nicht.

Wieder spitzte Arne Blom den Mund zu einem Pfiff. Aber diesmal pfiff er nicht. Stattdessen fragte er:

– Und – die Hunde?

– Welche Hunde?

– Die Hunde von Chicago?

– Ach so. Damit hat es nichts weiter auf sich. Sie sind allesamt gestorben. Aber sonst war nichts Besonderes mit ihnen. Ich erinnere mich an diesen tiefen Schatten zwischen den Wolkenkratzern in Chicago. Ich fand ihn angenehm kühl. Wenn genug Zeit war, versuchte ich immer einen kleinen Spaziergang zu machen. Aber das war nun wirklich nicht gestern. Am Morgen kamen damals die Hundefänger mit ihrer ersten Ladung. Wir standen an langen Marmortischen und operierten die frisch betäubten Hunde, legten Magenfisteln, verpflanzten Organe und bastelten herum, dass uns das Blut an den Armen klebte. Jeder Doktorand hatte sein eigenes Projekt. Manche haben es zu nichts gebracht. Ich fand zufällig die richtigen Venen und Arterien. Durch sie, oder besser gesagt, durch meine neue Art, sie zu shunten und Verbindungen zu zaubern, wurde ich *Fellow of the Royal Society*. Verstehen Sie? Nein. Ist auch egal. Heute bin ich nur ein alter Mann, der Planken und Bretter sägt. Ich, der damals linkshändig mit Daumen und Zeigefinger in einem Magen Knoten machen konnte, kann kaum noch meine eigenen Schnürsenkel binden.

– Ja, mir war es auch immer lästig, Schnürsenkel zu binden, sagte Blom zuvorkommend. Heute trage ich nur noch Sandalen, wie man sieht.

– Aber im Winter?

– Natürlich Schuhe mit Klettverschluss.

– Oh, darauf bin ich bisher nicht gekommen. Wo kriegt man die?

– Überall. Beispielsweise bei Skomans in Sala. Oder in Västerås. Sie sehen ja heutzutage überall gleich aus. Die Schuhe, meine ich.

– Jeder hatte seine eigene Methode, die Hunde zu zerlegen. Und sie haben wahrlich nicht immer überlebt. Jedenfalls nicht lange. Mittags gegen zwölf spülten wir Blut und Organreste mit Schläuchen von den Tischen. Legten Lumpenpappe aus, holten unsere Butterbrote heraus und hielten Vesper. Da war nichts weiter dabei. Dann kam ein neuer Schub Hunde, die Nachmittagsladung, und wir waren wieder in vollem Gang. In meinem Leben hab ich noch nie so viele Hunde gesehen, von Dalmatinern und Dänischen Doggen bis zu Pudeln und Boxern. Aber die meisten waren natürlich Mischlinge. Einige Experimente verlangten, dass man das Fell entfernte, um nackte Hunde zu haben. Sie sahen ziemlich komisch aus. Dazu benutzten wir eine widerliche Salbe, die sehr wirkungsvoll war. Übrigens hatte ich einen schwedischen Kommilitonen, bei dem eine Schraube locker war – Gott weiß, was aus ihm geworden ist. Er fand, diese Schälsalbe wäre doch sehr praktisch. Vielleicht könnte man morgens beim Rasieren etwas Zeit sparen? Also nahm er etwas davon in einer Glasflasche mit geschliffenem Stöpsel mit nach Hause.

Ich glaube, wir haben uns halb tot gelacht. Am nächsten Tag war seine ganze untere Gesichtshälfte wie verbrüht. Knallrot wie ein gekochter Krebs. Es muss entsetzlich gebrannt haben. Es hat Wochen gebraucht, bis er wieder normal war. Das heißt, normal war er wohl von vornherein nicht. Ich wünschte, ich könnte mich erinnern, wie er hieß. Aber das kann ich natürlich nicht.

Jedenfalls führte das zu neuen Vorschriften. Die Hunde mussten schmerzstillende Mittel bekommen, bevor man sie enthaarte.

Mir ist es als eine glückliche Zeit im Gedächtnis.

Der alte Wissenschaftler schien einen Moment ganz versunken in seine Erinnerungen und lachte sogar ein bisschen in sich hinein. Arne Blom fand das Lachen eine Spur grausam. Ihm fiel etwas ein, was ein großer Franzose einmal gesagt hat: Man wird kein großer Chirurg, wenn man nicht ein klein wenig sadistisch veranlagt ist. Ob das stimmte?

– Von Chicago habe ich allerdings nicht viel gesehen. Gelegentlich gingen wir aus und hörten Jazz. Und Mädchen gab es natürlich ... Aber es galt, frühmorgens aus dem Bett zu kommen, spätestens um sechs, und die Bahn den Loop hinunter zum Institut zu nehmen.

Meine Güte, wenn man zurückblickt, hat man doch ein sonderbares Leben gehabt. Wie dem auch sei. Damals in Chicago haben wir immer konkurriert. Wir wussten, dass es in Boston eine andere Gruppe gab, die sich mit genau denselben Problemen befasste. The Other Group nannten wir sie. Aber wir haben sie überflügelt ...

Offenbar ging Professor Molander etwas sehr Unangenehmes durch den Kopf. Vielleicht die Hunde von Chicago?

– Aber wie kann hier jemand über die Hunde von Chicago und The Other Group Bescheid wissen?, fragte Blom.

– Keine Ahnung.

– Hat es vielleicht irgendwo in der Zeitung gestanden?

– Das glaube ich kaum.

Theofil Molander schien einen Moment völlig überrascht. Ja, auf eine sonderbare Art sogar erzürnt.

– Entschuldigen Sie, aber es wird mir jetzt einfach zu viel, weiter darüber zu diskutieren.

Er entschwand in die Tiefen des Hauses und es sah nicht so aus, als würde er wieder auftauchen.

Nybygget

Nybygget, der mit Abstand größte Hof im Kirchspiel Väster Våla, erstreckt sich mit seinen Ländereien im Westen bis hinunter zu den Ufern des Åmänningen. Im Süden grenzt der Besitz, der von der Eisenbahnlinie durchschnitten wird, an ein Gräberfeld aus der Bronzezeit, im Norden an den Pfarrwald.

Das alte Wohngebäude ist nicht, wie die anderen in der Gegend, ein hohes, rot gestrichenes Holzhaus, sondern eine prächtige Steinvilla, die an einer Ecke sogar einen Turm besitzt, als Zeichen ihres eher bürgerlichen als ländlichen Ursprungs. Sie stammt aus derselben großschwedischen Epoche wie das sonderbar gotische Schloss Ulvaklev unten an der Ängelsbergsbucht, gleich nördlich vom Bahnhof. Überbleibsel eines expansiven, neureichen und stolzen Schwedens, das einst Ängelsberg zu seinem Sommerparadies machte.

Das Hauptgebäude von Nybygget wird von mächtigen alten Ahornbäumen beschattet und der Weg hinunter zum See führt an den Resten der alten Seemannskneipe vorbei, die irgendwann Ende des neunzehnten Jahrhunderts verschwand, als die Eisenbahn kam und den Verkehr der Erzkähne ablöste. Der Hofweg endet dort, wo einst der Nybyggehafen lag. Als einzige Spur davon ist eine mächtige Steinmole geblieben, die heute größtenteils unter Wasser liegt, zur Freude des Barschanglers und als Gefahr für den ungeübten Schiffer. Hier haben die schweren, aufgetakelten zweimastigen Erzkähne einst geladen und gelöscht und etwas später die Dampfschiffe Pius, Pontus und Smedjebacken II auf ihrem langen Weg von Söder Mälarstrand in Stockholm bis zum Smedjebacken ihre Anlegestelle gehabt. Das war lange bevor der Hafen von Ängelsberg in Betrieb genommen wurde.

Tatsächlich befand sich hier das wirkliche Zentrum des Kirchspiels. Und wenn man Olof Graus historischer »Beschreibung von Westmanland« trauen darf, hat hier unten am Ufer die ursprüngliche Kirche von Väster Våla gestanden. Manche Leute behaupteten, die Steine der mittelalterlichen Kirche seien für den Sockel einer Scheune von Nybygget verwendet worden, die an der Straße nach Sörhammar liegt. Andere meinten, die Nybyggevilla selbst sei auf den mächtigen alten Kirchensteinen erbaut, und wieder andere, sie bildeten das Fundament der Hafenmole. Ein Sommergast aus Flodhäll, Oberingenieur Hjorth, ein Mann mit vielfältigen Interessen, war persönlich da draußen gewesen und hatte gelotet und gemessen und sogar mit Landvermessungsinstrumenten operiert, um den Grad der Landhebung seit der Zeit der alten Kirche zu berechnen. Aber zu ganz sicheren Ergebnissen war er nicht gelangt. Dass direkt neben dem von uralten, morschen Obstbäumen bewachsenen Garten der Villa ein Gräberfeld aus der Bronzezeit liegt, stand jedoch außer Zweifel.

Die Nybyggevilla wurde 1890 erbaut. Es war der

steinreiche Bankdirektor Juhlin aus Västerås, der sich auf seine alten Tage hier niederlassen wollte.

Das weitläufige Gebäude mit dem imposanten Treppenhaus, seiner vollständig erhaltenen Einrichtung aus den 1890er-Jahren, seinen kleinen Schlafzimmern mit den Rosentapeten und Korbmöbeln und Waschkommoden mit Porzellanschüsseln von Rörstrand, seinem prachtvollen Esssaal mit dem Elchkopf an der Wand und dem venezianischen Lüster an der Decke und seiner riesigen dunklen Küche (mit einem starken Duft nach morschem Holz) war im Winter natürlich sehr aufwändig zu beheizen.

Es ist also vielleicht nicht so verwunderlich, dass der spätere Besitzer, Direktor Sachsberg, dem das Anwesen zur Zeit unseres Falls gehörte, lieber in dem kleineren Nebengebäude wohnte, das von alters her das Gartenhaus genannt wird. Es liegt auf der anderen Seite der kleinen Dorfstraße, die mitten durch das ausgedehnte Grundstück führt. Dort gab es zumindest eine Ölheizung. Die Kachelöfen des Hauptgebäudes befanden sich in langsamem, aber sicherem Verfall, im Schreibzimmer des Obergeschosses waren bereits ein paar Kacheln herausgebrochen und große dunkle Ringe in der eingezogenen Pappdecke der Schlafzimmer zeigten, dass das alte Blechdach nicht mehr besonders dicht war. Dieses Haupthaus oder *corps-de-logis*, wie man es in stolzeren Zeiten nannte, hatte vermutlich schon damals den Zeitpunkt überschritten, wo ein geneigter Millionär es in Stand setzen könnte. Und dieser Millionär weilte außerdem noch hinter dem Horizont.

Die Landwirtschaft war bereits an die Nachbarn in Sörhammar verpachtet, wo der energische Sigvard Fröhling mit seinen modernen Gerätschaften und dem neu angeschafften Hofcomputer gute Aussichten hatte, das Ganze ein bisschen auf Trab zu bringen.

In der Erwartung des Millionärs, der alles übernehmen und es Sachsberg ermöglichen würde, endgültig in eine bequeme Wohnung in Västerås zu ziehen, verbrachte der ziemlich gallige alte Herr normalerweise ruhige Tage im Gartenhaus, das mit seiner Ölheizung warm und gemütlich war.

Ein größerer Teil der ursprünglichen Bibliothek von Nybygget war nach und nach in das angenehme Wohnzimmer im Gartenhaus gewandert. Altmodische, ein wenig feierliche Topfpflanzen, allen voran eine stolze Palme, schmückten die kleinen Zimmer. Hier hielt sich der Eigenbrötler Sachsberg mit Vorliebe auf, nicht selten bei der Lektüre von Büchern des 19. Jahrhunderts und der Jahrhundertwende. Wenn er nicht las, spazierte er an seinem Stock mit dem Silbergriff durchs Gelände. Wendete hier eine Erdscholle, bückte sich dort, klaubte einen Stein aus dem Acker und sorgte sich um den wilden Wein und die Malven am Steinsockel des Hauptgebäudes, die ständig von den Dachsen der Gegend bedroht waren, weshalb er diese gern seinen eingeladenen Jägerfreunden zum Abschuss freigab.

Manchmal hielt er sich lange im Hauptgebäude auf, blätterte in alten Papieren und staubte all den Nippes ab, der da herumstand. An warmen Tagen saß er gern in einem knarrenden Korbstuhl auf der weitläufigen Veranda (auch diese mit einem Duft von morschem

Holz und toten Fliegen), um mit dem Messingteleskop auf den See zu spähen. In den 1890er-Jahren waren Seeblicke, wie wir dank der Ölmalerei wissen, in Schweden sehr beliebt, und Sachsbergs erster Vorgänger unter den Besitzern, Bankdirektor Juhlin, hatte in dieser Hinsicht Hervorragendes gesammelt. Von der Veranda aus sah man den größeren Teil des Åmänningen bis hin zu den Inseln Granöarna und Enträ im Süden und Ennora im Norden. Außerdem konnte man am Horizont blaue Hügelketten und Bergrücken bis hinüber nach Dalarna ahnen. Dieser Blick war nicht nur auf einem, sondern gleich auf mehreren der Ölgemälde verewigt, die im Haus hingen. Viel davon war von den wechselnden Besitzern auf Versteigerungen verkauft worden, trotzdem gab es noch einiges. Vermutlich waren sie alles andere als wertlos.

Nybygget war eigentlich nie so recht vom Glück gesegnet gewesen. Kaum war der alte Bankdirektor eingezogen und hatte sich energisch um die Landwirtschaft gekümmert, da ereignete sich schon die erste Katastrophe. Frau Juhlin, dem Hörensagen nach eine melancholische Natur, war eines Abends hinunter zum See gegangen und hatte sich ertränkt. Aus welchem Grund, ob es nun etwas anderes war als Melancholie, ist nicht leicht zu sagen. In dieser Gegend war man ja daran gewöhnt, dass die Menschen an düsteren Novembertagen und in langen dunklen Winternächten schwermütig wurden. Kurz gesagt, dergleichen kam vor.

Die zweite Katastrophe war, dass der Bruder, ein erfahrener Kapitän, mit seinem Frachter irgendwo in den Gewässern vor dem Großen Barrier-Riff zwischen Australien und Japan spurlos verschwand. Es geschah kurz nach der Jahrhundertwende. Er hatte Geschäfte in Manila gemacht, wie es hieß. Niemand schien ihn besonders zu vermissen, da er fast vierzig Jahre außer Landes gewesen war. Trotzdem wussten die Klatschmäuler beim Kaufmann zu berichten, dass er in Nybygget spuke.

Der Bankdirektor hatte sich später eine Haushälterin genommen und sie schon ein Jahr danach durch Krankheit verloren. Das Gerücht sagte, er hätte mehr um die Haushälterin getrauert als um seine Frau. Wie es sich damit verhielt, ist schwer zu wissen, aber fest steht, dass der erste Besitzer der Villa an einem Frühlingsabend im Jahr 1921 verstarb, aufgezehrt von Kummer und Sorgen, und dass sein Adoptivsohn alles übernahm. Mit der Zeit verlor sich das Haus aus dem Familienbesitz, es ging zuerst an den Stockholmer, wie man ihn nannte, und dann an diverse Besitzer, die nur die kenntnisreichen Damen im Kaufladen auseinander halten konnten.

Wie gesagt, der Adoptivsohn hatte das Anwesen geerbt. Er hatte fast fünf Jahre gezögert, bevor er dort einzog, die Landwirtschaft verpachtete und seine undurchschaubaren Geschäfte in der Stadt weiterführte. Abergläubische Personen behaupteten, er hätte gute Gründe für sein Zögern gehabt: Die alte Hausherrin würde dort spuken. Die Kinder des Pächters hatten verängstigt und sehr entschieden von Möbeln berichtet, die in dunklen Nächten dort gerückt würden, und von sonderbarem Lichtschein hinter den Fenstern. Nicht wie von Lampen, hatte eins von ihnen gesagt, sondern wie Mondschein.

Ein Poltergeist, sagte ein Sommergast. Ein klarer Fall von Poltergeist. Man dürfe nicht vergessen, dass das Haus im Prinzip viel zu nah an einem Gräberfeld aus der Bronzezeit liege.

Mit solchem Aberglauben mag es sich verhalten, wie es will – übrigens behaupteten die Bewohner des früheren Armenhauses, das auf dem nächsten Hügel in südlicher Richtung liegt, genauso entschieden, auch dort gäbe es einen Poltergeist, einen, der in den Winternächten gegen die Wände klopfe und Möbel rücke. Aber genauso gut können es ja ein paar Jungen aus der Nachbarschaft gewesen sein, die den Leuten mit der »Harzgeige« einen Streich spielten. Man befestigt außen am Haus einen Faden, reibt ihn mit einem Harzklumpen und bringt damit unheimliche Geräusche hervor. Besonders die Söhne des Taxifahrers waren eine Weile ganz versessen auf solche Scherze gewesen. Merkwürdig genug wurden sie später allesamt Polizisten in Uppsala, bis auf einen, der als Berufsoffizier zur Artillerie ging.

Von der Zeit des Stockholmers ist nicht viel bekannt. Anscheinend hatte er kaum Freunde am Ort und war an der großartigen Landschaft nicht einmal genügend interessiert, um sich ein Boot anzuschaffen. Das ist wirklich absonderlich, wenn man ein Grundstück am Åmänningen besitzt.

Bei Direktor Sachsbergs rituellen Spaziergängen durch die Ländereien von Nybygget gehörte es zur unumstößlichen Abfolge, dass er zuerst den Nybyggehafen besuchte und dann seine tägliche Visite im Haupthaus, mit dem speziellen Geruch nach langsam vermoderndem Holz, staubigen Sofabezügen und angefressenen Jagdtrophäen abstattete.

Bisher schien die massive Eichentür mit den dicken Schlössern allen Einbrüchen einigermaßen standgehalten zu haben, obwohl es im Lauf der Jahre den einen oder anderen Versuch gegeben hatte (frische Spuren eines Schraubenziehers in der Füllung der Hintertür zeugten davon). Der Direktor, obwohl Anfang siebzig, hatte das starke Gefühl, wieder ein kleiner Junge zu sein, wenn er sich in dem großen stillen Haus bewegte. Falls nicht die Anzeichen einer undichten Stelle im Dach oder ein frischer Riss in einem der Kachelöfen seine Aufmerksamkeit forderten, geschah es mitunter, dass er einem stillen Umgang mit den alten Dingen anheimfiel. Die mit Samt bezogenen Fotoalben im Mahagoniregal des Salons konnten ihn stundenlang beschäftigen.

Der alte braune Bär auf Rädern, der noch ein leises Brummen von sich gab, wenn man an einer kleinen Drahtschlaufe an seinem Rücken drehte, versetzte ihn so stark zurück in die Vergangenheit, dass er einen Moment aufschaute, um nach Stimmen in der Küche zu lauschen, nach den raschen Schritten längst verschwundener Dienstmädchen auf dem Parkett, dem Lachen und Rufen von Kindern aus den Himbeersträuchern im Garten, Kindern, die vielleicht nicht mehr wussten, dass es sie je gegeben hatte. Denn die Toten wissen nicht, dass sie je existiert haben oder wer sie waren.

Und dann gab es natürlich immer irgendetwas zu suchen, etwas ganz Bestimmtes, das verschwunden war. Wenn nicht einen Briefbeschwerer aus vielfarbigem Glas, dann ein altes Stereoskop mit Bildern, die ihn faszinierten. Man konnte gleichsam in die Bilder hineingehen, sich in ihrem Stillstand aufhalten. Zwei Japaner bedienen eine Kanone auf einem fernen Berg. Ein Bierwagen, von kräftigen Pferden gezogen, überquert die Brücke von Brooklyn. Man sieht den Kutscher auf dem Bock steif in eine Zukunft starren, die schon lange Vergangenheit ist.

Nun war das Stereoskop nicht aufzufinden. Bei seinem Stöbern in Regalen und Schränken blieb Direktor Sachsbergs Blick an einem alten Kasten aus dunklem, geschnitztem Holz hängen. Er wusste genau, was er enthielt: einen dicken Packen Ansichtskarten von der Jahrhundertwende an, überwiegend kurze Grüße von der Art: »Hoffentlich geht es Euch gut. Ich bin jetzt in Mölndal, wo die Kusinen herzlich grüßen lassen.« Einige kamen von sehr viel ferneren Orten der Welt wie Venedig und Dresden und allen war gemeinsam, dass die Bilder eigentümlich beliebig waren.

So gewöhnt war Direktor Sachsberg daran, dass ihm die Karten in die Hand fielen, wenn er den Kasten ein wenig schüttelte (der Packen hatte die Neigung hängen zu bleiben, da er nur mit knapper Not hineinpasste), er rüttelte jetzt immer energischer. Aber nichts fiel heraus. Und genau genommen spielte es vielleicht auch keine so große Rolle, wo ein Packen alter Ansichtskarten hingekommen war. Es war sowieso nicht mehr festzustellen, wer sie geschrieben hatte und an wen.

Aber gewiss hatten sie Freude gemacht, diese alten Karten von exotischen Orten, Zeugnisse einer Welt, die es fast nicht mehr gab.

Man muss, dachte der plötzlich sentimentale Besitzer von Nybygget, damit rechnen, dass es eben so zugeht. Dinge werden zerstreut und gehen verloren. Unerbittlich versinkt die Ordnung in der Welt.

Habichte schweben über dem Dorf Bodarne

Blom war in der folgenden Zeit keinesfalls untätig, auch wenn es vielleicht den Anschein hatte. Man sah ihn ja nur munter mit den Schwestern Westholm im Kaufladen schwatzen oder einträchtig seinen Schnupftabak mit einem Pensionär unten an der Anlegebrücke des Bootsklubs teilen. Aber seine Methoden waren eben, wie wir bereits festgestellt haben, unkonventionell und intuitiv.

Kehren wir zu dem Vormittag zurück, an dem Professor Molander ihm seinen Auftrag erteilt hatte. Blom wusste zunächst nicht, wie er die Sache anpacken sollte. Es war ja offenkundig, dass die Drohungen gegen den Professor im Zusammenhang mit diesem Schreibschrank standen, der jetzt also in der Sakristei war. Aber es ging nicht um den Schreibschrank selbst, sondern um etwas, was sich darin befunden hatte. Gott weiß was. Und mit den Postkarten verhielt es sich zweifellos so, dass sie hier in der Gegend verfasst worden waren. Die Region war ihm nicht vertraut. Sie lag viel zu weit westlich für seine sonst oft mikroskopisch genaue Landschaftskenntnis. Der Åmänningen war nicht Bloms See. Aber diese Unkenntnis hatte auch einen Vorteil: Für die meisten hier war Blom ein unbeschriebenes Blatt. Es würde eine Weile dauern, bis man ihn kannte. Dieser Vorsprung hielt selten lange an und musste bis zum Äußersten genutzt werden. Seinerzeit bei der Kripo war Blom für sein unglaubliches Talent bekannt gewesen, sich diskret zu verkleiden. Ohne eigentlich mehr zu wechseln als Schlips und Blazer, hatte er sich bei einer Ermittlung am selben Vormittag vom sozialdemokratischen Reichstagsmann (schwarzer Schlips) in einen Major in Zivil (blauer Schlips) verwandelt, um schließlich als lettischer Alkoholschmuggler im Värtahafen aufzutauchen.

Die Sache mit der Kirche hatte Blom auf eine Idee gebracht. Wenn man auf harmlose Weise bei der versammelten Gemeinde eine Art Panik erzeugte, würden sich die wahren Interessenten zeigen, sichtbar werden, an die Oberfläche kommen. Das war der Plan. Und er gefiel dem Dr. jur. Blom, der trotz redlicher Bemühungen am Theologieexamen gescheitert war.

In letzter Sekunde bog er spontan vor der großen Landstraße nach Fagersta ab – wie so oft in früheren Zeiten, wenn ihn eine Ermittlungsarbeit inspirierte – in einen wenig befahrenen Forstweg mit einem Grasbuckel in der Mitte. Zuerst dachte er, es sei nur eine Stichstraße zu einer Abholzung im Uferwald. Aber das war nicht der Fall. Dieser Weg war eigensinnig. In weitem Bogen führte er Blom durch Wäldchen und über Uferwiesen zu einem soliden, allerdings schon leicht verfallenden Holzhaus. Schafe, wohlgenährt und mit dichtem Fell, blökten auf einer Weide nah am See. (Ein großes Motorboot war unterwegs nach Norden, ein Segelschiff strengte sich an, im Windschatten des

Landsbergs hinüber zur Landzunge von Sörhammar zu kreuzen.)

Das Haus musste bewohnt sein. Vorhänge flatterten in den geöffneten Fenstern. Blom hatte eine seiner Eingebungen: Hier war vielleicht jemand, der ihm ein Stück weiterhelfen konnte.

Er parkte in gebührendem Abstand vom Zauntor und spazierte gemessenen Schrittes auf den Eingang zu. Schließlich weiß man ja nie, was einem blühen kann, wenn man unangemeldet an einem solchen Ort erscheint.

Doch keine Hunde schlugen an.

Nur das Gackern von Hühnern war zu hören und die schwachen, aber deutlichen Tonfolgen von Mozarts Flötenquartett Köchelverzeichnis 285, wenn Blom sich richtig erinnerte, in D-Dur. Nachdem er an der gepflegten, knospenden Fliederhecke vorbei war, welche die steinernen Torpfosten vor dem Garten flankierte, stellte er fest, dass die Töne aus einem Radio quollen, das neben einer stattlichen, hübschen, etwas überdurchschnittlich großen Frau mit goldglänzenden, roten Haaren stand. Sie saß auf einem Küchenschemel inmitten der Gemüsebeete und lockerte mit einem winzigen Rechen die Erde. Beim Betrachten ihrer starken, schön geformten Arme, die sich in ruhiger Bewegung befanden, verspürte Blom ein leises Wohlbehagen.

– Guten Tag! Ich hoffe, ich störe nicht.

– Im Gegenteil. Hier ist es doch so langweilig.

– Aber Mozarts Flötenquartett in D-Dur habe ich immer bewundert. Mein Name ist Blom. Arne Blom. Da ist dieser feine Kontrast zwischen dem Cello und der Flöte, der einem zuerst entgeht, nicht wahr? Schon im ersten Takt liegt ein D in der Cellostimme, bevor die Flöte eine Chance bekommt. Als wäre der Anfang eine Bekräftigung von etwas, was es schon immer in der Welt gegeben hat.

– Eine gute Beobachtung. Aber Sie wollen mir bestimmt etwas verkaufen, Herr Blom. Das hat keinen Sinn. Bei mir ist das Geld knapp. Ich bin pensioniert. Sommardahl heiße ich, Cecilia Sommardahl.

– Wo denken Sie hin? Ich sehe mich nur ein bisschen in der Gegend um.

– Sie ist schön, nicht wahr?

– Die Musik oder die Landschaft?

– Jetzt dachte ich mehr an die Landschaft.

– Ja, sie ist schön.

Beide schauten hinaus auf die weite Bucht, die sich vor ihnen öffnete. Der Rauch von einer Waschküche irgendwo auf dem Sörhammarland zog sich wie die kühne Linie eines Malers über den heiteren Junihimmel, der in diesem Moment fast kristallisch blau wirkte.

Aber wie einsam!

– Ist es ein guter Tag, um die Beete zu jäten?

– Ja, heute Nacht ist der Junimond voll. Und dann steigt der Tau.

– Ach, wirklich?

Hier wohnte also Cecilia Sommardahl, unverheiratet, Anthroposophin, vormals die Lehrerin von – wie sich im Lauf des Gesprächs herausstellte – Stubben in der mittlerweile geschlossenen Schule von Ennora. Stubben oder Sture Persson, dem Jungen mit dem Moped. Vorzeitig pensioniert blieb Cecilia Sommardahl, wie viele andere gute Lehrer dieser Schule, hier auf dem Land wohnen, statt dem Schulwesen in die größeren Orte zu folgen. Gleich als er sie sah, hatte Blom sich gefragt, ob er es nicht mal wieder gut getroffen hätte.

Möglicherweise war das die Person, die er brauchte, um in einem Fall weiterzukommen, der bisher nur aus einem verängstigten alten Professor und einem scheinbar leeren Schreibschrank bestand.

Wie wir sehen werden, hatte er Recht.

Ein Habicht schwebte, nein, stand beinah reglos in der Luft, einhundertfünfzig Meter über dem alten Bohafen, der zum Dorf Bodarne gehörte. Es war einer von diesen milden und freundlichen Frühsommertagen, an denen ein fast konstanter Westwind wie eine Liebkosung über die Landschaft streicht. Stunde um Stunde, ohne Richtung oder Stärke zu ändern. Solch einen Wind gibt es nur im Juni. Was sah wohl dieser Vogel, konnte man sich fragen, was niemand anderes sah.

Ein idealer Tag für Segler.

Ein großes, schweres Motorboot steuerte in südlicher Richtung auf den schmalen Abfluss des västmanländischen Sees zu, vorbei an den Steinfassungen bei Flodhäll, zur Zeit Karls des XII. von russischen Kriegsgefangenen gemauert. Es trug eine deutsche Flagge. Ein früher Tourist, der offenbar den ganzen langen Weg hinauf nach Barken genommen hatte und jetzt durch die dichten Wälder hinunter nach Ramnäs und Surahammar wollte, um allmählich zum Mälarsee und schließlich durch die Schleuse von Stockholm in die Ostsee zu gelangen.

Fräulein Sommardahl erzählte gern von dem, was offenbar das Zentrum ihres Lebens war: die Schule von Ennora. Sie hatte so viele verschiedene Schüler gehabt, begabte, starke, aggressive, absonderliche. Letztere hatten sie eigentlich am meisten interessiert. Ihr Anliegen war es, die Schwachen zu schützen und das, was sie in sich trugen, zu entfalten. Sie war der Überzeugung, es gäbe in jedem Menschen einen Bereich, den gerade er besser beherrschte als jeder andere. Einer, den sie besonders ins Herz geschlossen hatte, war ein Junge aus Ängelsberg, Sture Persson. Er schien in ein und derselben Person eine sehr große und eine sehr kleine Intelligenz zu beherbergen.

– Ähnliches habe ich in meiner beruflich aktiven Zeit öfter erlebt, sagte Blom. Es gibt Menschen, die ins Schwarze treffen, obwohl sie scheinbar kaum des Denkens fähig sind.

Er, Blom, habe stets eine gewisse Sympathie für solche Leute empfunden, ja, er fühle geradezu eine gewisse – Affinität (war das der passende Ausdruck?) – zu ihnen.

– Wie Recht Sie haben, meinte Fräulein Sommardahl. Und lud ihn zu einem Glas Saft auf der Veranda ein. Oder sollte es lieber Kaffee sein?

Nun, Sture sei ja weiterhin in der Gegend ansässig. Er habe es gleichsam nicht geschafft, von Ängelsberg wegzugehen. Ein Sonderling und heller Kopf, allerdings auf eine eigene Art. Er besuchte eine Art Schule mit Werkstätten für etwas spezielle junge Leute. Aber er schaffte es wohl nicht immer hinzugehen. Gab es nicht den einen Grund fernzubleiben, fand er einen andern. Meist fuhr er mit seinem dreirädrigen Liefermoped kreuz und quer durch die Gegend. Trank Kaffee in den Höfen und besuchte seine Lieblingsorte, vom alten Kalksteinbruch bis zu den stillgelegten Hüttenwerken und abgelegenen Naturhäfen für Freizeitboote. Er tat es nach einem Muster, das nicht leicht nachzuvollziehen war.

Sie hatte damals ziemlich energisch werden müssen, um ihn vor den bösen Streichen und Schikanen der Mitschüler zu schützen. Manchmal war es ihr gelungen, dann wieder nicht. Jedenfalls hatte sie sich redlich bemüht. Und das wusste Sture.

Fräulein Sommardahl war jetzt siebenundfünfzig Jahre alt und jeder mit dem geringsten Sinn für Schönheit würde sagen, dass sie noch eine verflixt attraktive Frau war. Eher groß als klein, nicht dick, aber mit breiten, soliden Hüften und einem Busen, der jener gewissen Mütterlichkeit entsprach, von der ihr ganzer Charakter geprägt war, obwohl sie keine eigenen Kinder hatte. Ihre offenbar von Natur rotblonden Haare, mit einem leichten Stich ins Ziegelrote, bildeten einen aparten Kontrast zu ihren klarblauen Augen. Alter hin oder her, war sie doch ganz und gar *Frau*. Wie aber, konnte man sich fragen, war eine so wunderbare Frau hier gelandet, allein in einem großen Haus? Blom beschloss, ihr Freund zu werden. Wie das zu bewerkstelligen sei, war ihm allerdings völlig schleierhaft.

Beim Gespräch kam er vom Hölzchen aufs Stöckchen. Unter anderem auf ihren illustren Nachbarn, den großen Nobelpreisträger und Herzforscher Professor Molander.

– Ich finde, Professor Molander wird immer schrulliger, sagte Fräulein Sommardahl.

– Wieso?

– Na, wortkarg und irgendwie schroff. Und angeblich bekommt er rätselhafte Drohungen. Es scheint, jemand will ihn von hier weg haben. Es ist doch recht merkwürdig, dass einem solchen Mann so was passiert!

– Ja, ich komme gerade von dort. Ich weiß Bescheid. Er hat mich tatsächlich zu sich gebeten, weil er mit mir darüber reden wollte. Ich habe Erfahrung in solchen Dingen. Früher habe ich in einer Anwaltskanzlei in Stockholm gearbeitet. Man hat ihm offenbar dubiose Postkarten geschickt. Haben Sie sie zufällig gesehen?

– Nein, nur davon gehört.

– Ich habe sie gesehen. Und da ist etwas, was ich Sie gern fragen möchte ...

– Ja? Warum gehen wir nicht rein und kochen uns Kaffee, wo Sie sich schon hierher bemüht haben. In diesem Sommer gehen viele seltsame Dinge vor, scheint mir. Die ganze Gegend ist in den letzten Jahren wie verhext. Man kennt sich gar nicht mehr aus.

– Nun, diese komischen Postkarten habe ich ja zu sehen bekommen ...

– Das erwähnten Sie.

– Sie sind in Ängelsberg abgestempelt.

– Nein, das kann nicht stimmen. Ängelsberg hat seit Ende der Sechzigerjahre kein Postamt mehr.

– Das ist mir auch aufgefallen. Aber wer um Himmels willen will Molander an den Kragen?

– Angenommen, sagte Fräulein Sommardahl, es gäbe

auf seinem Grundstück wertvolle Mineralienvorkommen. Oder ein Wikingergrab, das irgendwelche skrupellosen Typen auf Teufel komm raus ausbuddeln wollen. Ein bedeutender Goldfund vielleicht ... Würden sie nicht versuchen, ihn eine Weile aus dem Weg zu schaffen, damit sie ungestört sind?

Für einen Moment wirkte Blom nachdenklich, als sie von einem Goldfund sprach. Es hatte ihn wohl an etwas erinnert. Doch er wollte offenbar nicht darüber sprechen.

– Aber auf dieser Seite des Sees gibt es gar keine Wikingergräber. Da würde sich eher Nybygget anbieten. Mit dem Gräberfeld aus der Bronzezeit, das unten am See liegt.

Sie schwiegen. Fräulein Sommardahl war eine Frau, die ihre Fantasie schwer bremsen konnte, wenn sie erst mal auf Touren gekommen war.

– Also angenommen, ein paar finstere Typen glauben aus welchem Grund auch immer, Molander sitze auf etwas, das sie haben wollen. Vielleicht ein Erzvorkommen? Ein Goldschatz in der Erde? Auch auf dieser Seite des Sees findet man Grabfelder. Und sie wollen in aller Ruhe danach suchen. So scheint es doch.

– Hier gibt es keine Goldschätze. Und was sollte es sonst sein?, sagte Blom.

– Keine Ahnung. Gibt es bei Molander etwas anderes von Wert als frisch gesägte Bretter und Bohlen?

– Ich weiß nur, dass er einen alten Schreibschrank aus Nybygget gekauft hat, mit jeder Menge Fächer und Verstecke. Und den hat er der Kirche gestiftet. Für Sohlberg, der einen Tisch brauchte. Um seine Predigten daran zu schreiben. Aber besonders wertvoll kann er unmöglich sein.

– Vielleicht enthielt er etwas Wertvolles?

– Etwas aus Nybygget? Die Spur deutet ja sozusagen dorthin zurück.

– Das Spuken auf Nybygget ist doch auch sonderbar. Es hat offenbar nicht aufgehört, bis Sachsberg das Anwesen übernahm. Noch zur Zeit des Stockholmers hat es gespukt, das weiß ich.

– Woher?

– Ach, man hört so dies und das. Stubben hat es gesagt, Sture Persson also, der weiß viel darüber, was hier in der Gegend vorgeht. Die Gardinen haben sich ohne Grund bewegt, aus dem Kaltwasserhahn kam kochend heißes Wasser und ein altes Sofa im Obergeschoss fing an sich zu rühren. Ging auf seinen eigenen Beinen herum. Über Nacht von einem Zimmer ins andere. Stubben meint, es sei sogar Treppen hinaufgewandert. Aber er hat ja seine eigene Fantasie, dieser Junge. Mit Sachsberg ist es wohl eine andere Sache, er ist so böse und mürrisch, dass sich die Gespenster nicht mehr heraustrauen. Oder vielleicht so langweilig, dass ihre Inspiration versiegt. Bei einem so tristen Menschen gehen den Gespenstern die Einfälle aus.

– Wann hat er Nybygget gekauft?, fragte Blom.

– Vor ein paar Jahren. Vielleicht vor zwei. Es ist seit Juhlins Zeiten mehrmals verkauft worden. Bestimmt dreimal.

– Wie ist Sachsbergs finanzielle Situation?

– Gut, glaube ich. Er muss schließlich reich sein, wenn ihm Nybygget gehört.

– Das glaube ich nicht. Unten im Kaufladen sagen sie, er hätte wirtschaftliche Probleme. Seine Kinder hätten ihm die Geschäfte vermasselt. Mit überzogenen Bankkrediten. Außerdem hat er Steuerschulden. Für Sachsberg sieht es gar nicht gut aus. Das meinen die Schwestern im Kaufladen.

– Und woher wissen die das?

– Das kann man sich fragen.

Schatten eines Frühsommertags in den Siebzigerjahren

An einem Montag Ende Juni fuhr Stubben ganz von sich aus auf dem Moped bei Cecilia Sommardahl vorbei. Sein Besuch kam wie bestellt. Gewisse Leute haben dieses Talent. Manchmal konnte es Jahre dauern, bis er sich blicken ließ, dann wieder erschien er zweimal in derselben Woche. Es war ein strahlend schöner Tag, sie tranken Kaffee in der Laube und hörten tatsächlich die Säge des Professors jenseits der Felder und Wäldchen, also war er wohl noch am Leben.

Sie schwatzten über dies und das, über die alten braunen Bänke in der Schule von Ennora, über Mitschüler und Lehrer, und Stubben erinnerte sich an jede Einzelheit. An den Taxifahrer Hagberg und welche Vorhaltungen Pastor Sohlberg ihm gemacht hatte, nachdem er an einem eisig glatten Wintertag aus der scharfen Rechtskurve bei Sörhammar geflogen war. Und beiläufig kam Fräulein Sommardahl auf etwas anderes zu sprechen, auf Nybygget mit seinen vielen wunderlichen Besitzern, mit seinen Gespenstern und Poltergeistern und Kobolden.

– Waren Sie je in der Villa von Nybygget?, fragte Stubben.

– Nein. Nie. Und du?
– Ja. Einmal vor sehr langer Zeit.
– Hat es dir gefallen?
– Nein. Eigentlich nicht. Es war so …

Es war nicht leicht zu sagen, wer auf die Idee gekommen war, dass sie zusammen spielen sollten. Es war keine gute Idee gewesen. Das Ganze hatte damit geendet, dass sie ihn in die Vorratskammer hinter der Küche von Nybygget gesperrt hatten. Und das war überhaupt nicht lustig. Es gab keine Fenster – das war alles, was er noch wusste. Wie er freigekommen war, daran erinnerte er sich nicht.

Ture und Kenneth, die Jungen des Taxifahrers, waren an jenem Nachmittag dabei gewesen. Und Stubben natürlich und dann noch Nicke, der Sohn von dem Juhlin, der damals Nybygget bewohnte. Außerdem gab es eine Erinnerung an einen weiteren Jungen, einen sehr feinen und stillen, von dem alle anderen behaupteten, es hätte ihn nie gegeben. Es war eine sonderbare Geschichte. Wenn man sich viel mit Stubben unterhielt, stellte man allmählich fest, dass er mitunter seine eigenen Erlebnisse hatte. Er war durchaus im Stande, in einem alten Haus einen Jungen zu sehen, den sonst niemand sah. Und nicht nur zu sehen, mit ihm zu sprechen, zu spielen, Freundschaft zu schließen.

*

Es muss um 1978 herum gewesen sein, als die Mitschüler aus Ennora noch duldeten, dass Stubben mitkam. Damals hatten sie sozusagen noch nicht entdeckt, dass er geistig ein bisschen zurückgeblieben war. Also durfte er dabei sein und das hatte, wie wir sehen werden, gewisse Konsequenzen in der ferneren Zukunft.

Hagberg, der direkt hinter dem Haus lebte, wo Stubben und seine Mutter heute noch wohnen, in einem großen und verwahrlosten zweistöckigen Gebäude mit einer riesengroßen Garage und einer faszinierenden Ansammlung von altem Krempel unter den Apfelbäumen, fuhr seine Jungen und also auch Stubben nach Nybygget. Stubben, für diesen Anlass von seiner Mutter mit neuen Shorts und weißen Turnschuhen ausstaffiert, fühlte sich richtig feierlich. Die große weiße Villa hatte er oft von der Straße aus gesehen, war aber noch nie jenseits der Hecke gewesen. Nicke, auch er recht feierlich, empfing sie in der Küche mit Saft und Kuchen, von der Haushälterin auf einem Tablett zurechtgestellt. Möglich, dass es ein Geburtstagsfest gewesen war, aber das hatte er nicht in der Erinnerung bewahrt.

Jetzt, im Juni 1988, zehn Jahre später, war es ganz unmöglich sich zu erinnern, ob es nur dies eine Mal oder mehrmals geschehen war, dass die Jungen auf Nybygget eingeladen wurden. Für Stubben verschmolz das alles zu einem einzigen, langen Sommertag, mit Saftgeschmack aus Gläsern (man musste sich in Acht nehmen, damit man keine Wespen verschluckte), mit Baden unten an der verfallenen alten Landungsbrücke (wohin sie eigentlich absolut nicht gehen durften), wo sich große schwarze Nattern blitzschnell zwischen die Steine ringelten, und vor allem mit dem endlosen Bauen an der Baumhütte in einem Ahorn im parkartigen Gelände hinunter zum See. Über den Zaun hinweg neidisch beäugt von stadtbleichen kleinen Jungen aus Solstickans Ferienkolonie (sie wären bestimmt gern als Freunde oder Feinde dabei gewesen, aber es war ihnen streng verboten, sich außerhalb ihres eigenen Zauns zu bewegen, es sei denn als gesamte Gruppe zusammen mit ihren Leitern, die mit Trillerpfeifen ausgerüstet waren), hievten die vier Jungen Baumaterial in den alten Ahorn. Bretter aus dem Vorrat des Holzschuppens, alte Obstkisten aus der Garage, Bierkästen, auf denen Pripp & Lyckholm stand, und gepresste Platten, die einen eigentümlich betäubenden Geruch nach Chemikalien ausströmten. Die Hagbergschen Jungen hatten unten am Bootshaus einen Flaschenzug entdeckt und ihn unter großen Mühen in den Baum hochbugsiert. Beim Versuch, ihn weit draußen an einem mächtigen Ast festzuzurren, waren sie mehrmals heruntergefallen, merkwürdigerweise ohne sich etwas zu brechen. Und mit diesem Flaschenzug galt es jetzt, den Rest hochzuziehen.

Jedenfalls hatten sie friedlich zusammen gespielt, bis zu dem Moment, als sie sich in die Haare gerieten. Es ging – wie üblich – darum, dass Stubben dumm war. Er konnte das Seil nicht so um die Sachen wickeln, dass es hielt, und als Nicke ein schweres Sechszollbrett auf den Fuß bekam, schimpfte er Stubben nach Strich und Faden aus und jagte ihn bis hinüber zu den Himbeersträuchern.

Was sollte Stubben machen? Er blieb eine Weile im Himbeerschatten sitzen und aß von den Früchten. Da ziemlich klar war, dass er nicht mehr mitmachen durfte, und es ihm ja nichts Neues war, auf dem Schulhof und auch sonst ausgeschlossen zu werden, nahm er es ruhig hin. Er ging stattdessen in der Villa auf Entdeckungsreise. Die Haushälterin war jetzt nicht mehr da und das Haus wirkte groß, leer und widerhallend. Vorsichtig schlich Stubben von Zimmer zu Zimmer. Er war fasziniert von den vielfarbigen Lichtflecken, die der Kristalllüster mit seinen Prismen auf den Perserteppich warf. Eine Sammlung von Briefbeschwerern aus Pressglas weckte sein Interesse. Am Boden von einem konnte man eine Landschaft aus dem Rheintal sehen. Ein anderer erinnerte ihn an Seegras, das am Grund eines Bachs in der Strömung fächelte wie lange Haarsträhnen. Im Märrsjöbach gab es eine tiefere Stelle, wo es genauso aussah.

So versunken war Stubben in die Schönheit dieser runden Glasgebilde und in die eigentümlichen Zeremonien, die sich mit der Langsamkeit des Steins in ihrem Inneren abzuspielen schienen (traumhafte Zeremonien in einem roten Nebel), dass er aufschrak, als jemand ihn ganz leicht an der Schulter berührte.

– Seit wann bist du hier?, fragte ein kleiner Junge, bestimmt nicht älter als sieben, acht Jahre. Er war sehr adrett angezogen – in blauer Jacke und richtiger kleiner Männerhose mit Schlag – und hatte große blaue Augen und weiche braune Haare. Der Junge musste zur Familie Juhlin gehören und offenbar durfte er nicht mit den anderen spielen. Genau wie Stubben. Tatsächlich war er so fein und hübsch, dass man hätte meinen können, er sei einem der sepiabraunen alten Familienfotos auf dem Kaminsims entstiegen. Wo um alles in der Welt kam er nur her?

Wer immer er war, besonders gesprächig wirkte er nicht. Aber er gab zu erkennen, dass er Stubben etwas zeigen wollte.

Da der Junge lieb war und offenbar mit ihm spielen wollte, ging Stubben mit. Auf eine Art, die verriet, dass er es schon viele Male zuvor getan haben musste, schob der Junge den Rollladen eines alten Schreibschranks hoch. Oh, wie viele Fächer gab es da und jedes hatte einen kleinen Knauf aus Elfenbein. Aber die Schubladen schienen den Jungen nicht besonders zu interessieren – er war mit diesem merkwürdigen Möbelstück offenbar gründlich vertraut. Er streckte sich so weit vor, bis er bäuchlings auf der Tischplatte lag und den Zwischenraum zwischen der schönen grünen Lederunterlage und den vielen kleinen Fächern erreichte. Dort drückte er auf etwas, was den ganzen Schrank knacken ließ. Laut. Es musste ein Geheimfach sein, aber von Geheimfächern wusste Stubben damals nicht das Geringste. Er stand einfach nur da und bewunderte die unglaubliche Geschmeidigkeit des Jungen, als der, ohne irgendetwas anderes zu berühren, ein kleines Fach heraushob. Und in dem Fach befand sich ein Kästchen!

Es bestand aus einer blanken, gemaserten Holzart, die ebenfalls neu für Stubben war, und trug verschiedene Bilder auf dem Deckel. Damen mit Sonnenschirmen, die Haare im Nacken zu Knoten geschlungen, blickten an einem Seeufer auf eine weite Landschaft hinaus.

Dann öffnete der Junge das Kästchen. Es war nicht leicht, jemand musste irgendwann das Schloss aufgebrochen haben, alles hing nur an einem einzigen schiefen, verbogenen Messingscharnier.

Vorsichtig hob der Junge den Inhalt heraus. Es kam Stubben merkwürdig vor, einen kleinen Jungen so behutsam, fast zärtlich mit den Dingen umgehen zu sehen.

Was war darin? Alte Briefe, gebündelt, mit Seidenbändern zusammengehalten, die schon vollständig verblichen waren. Die Briefe schienen den Jungen nicht zu interessieren. Das taten hingegen die wunderbar vergilbten Ansichtskarten, die den Rest des Inhalts bildeten, seinen Bodensatz. Die beiden Jungen saßen zusammen in dem Sonnenstreifen, der sich langsam über den tiefroten Teppich bewegte und von Bild zu Bild wanderte. Aus einem Bild ins andere, könnte man sagen, denn so fesselnd waren einige dieser Bilder, dass man das Gefühl hatte, in sie eintreten zu können, ja, fast in ihnen verloren zu gehen.

So bemerkenswert waren sie, dass man aus jedem eine ganze Geschichte hätte machen können. Es gab eine Batterie von japanischen Feldartilleristen, die dabei waren, in einer grandiosen Berglandschaft ihre Kanonen abzufeuern (Gott weiß gegen welche Feinde, vielleicht gegen die Russen?). Es gab Kanalschiffe, die im Hafen von Ängelsberg beladen wurden, es gab Chinesen, die an Stangen über ihren Schultern etwas wie große Säcke trugen. Und eigentümlich symmetrische Berge, wo ein Elefant den Wald durchquerte, in Gesellschaft von Personen, mit Tropenhelmen in einem ausladenden Korb auf seinem Rücken.

Und wie faszinierend waren erst die Briefmarken!

Hier sah man nicht nur bärtige Könige und elegante Königinnen, von denen eine ziemlich rundlich war und müde Ringe unter den Augen hatte, sondern auch Vögel und Blumen in den seltsamsten Farben und Darstellungen. Und ein uraltes Flugzeug mit Propellermotoren flog über ein endloses blaues Meer.

Der kleine Junge hatte das alles bestimmt schon viele Male durchstöbert. Er schien einem Ritual zu folgen. Gewisse Karten gehörten auf einen bestimmten Haufen, andere gehörten auf andere Haufen.

Und war da nicht eine Briefmarke, die acht Ecken besaß und ein sonderbares Bild zeigte, einen rotblauen Wald, so kam es Stubben vor, in dessen rotem Dunkel sich gleichsam Schatten bewegten?

Etwas in der Art hatte es wohl da gegeben, wenn Stubben sich so deutlich daran erinnerte. Nicht unbedingt an dieses Mal, aber an all die Male, die er seither davon geträumt hatte. Ja, das war es, was ihm viele Jahre lang von dieser Episode im Gedächtnis geblieben war.

Etwas Magisches, etwas Kleines und trotzdem Starkes, Achteckiges, in einer rotblauen Farbe träumend, wie er sie noch nie gesehen hatte.

– Die, sagte der kleine Junge, ist die Feinste von allen. Es ist die Magenta.

Dann die Auflösung: Die anderen Jungen waren offenbar auf dem Weg ins Haus und der Kleine hatte das Kästchen ins Geheimfach zurückgestellt. Oder hatte er das vielleicht nicht getan? Stubben erinnerte sich an irgendetwas Merkwürdiges beim Zurückstellen, aber es war ein Sommernachmittag Ende der 70er-Jahre gewesen und wirklich unmöglich, sich zehn Jahre später genau zu erinnern. Der Kasten war wieder in der Tiefe des Schreibschranks verschwunden. Und das Merkwürdigste war, auch der Junge war verschwunden. Ob Stubbe ihn überhaupt je gesehen hatte?

War er nur zu Besuch in dem Haus gewesen oder jemand, der wirklich dahin gehörte? Stubbens Gedächtnis war manchmal verblüffend gut, aber von dieser Sache hatte er nur vage Vorstellungen. Er erinnerte sich, dass Nicke ihn irgendwie misshandelt hatte, etwas mit seinen Ohren gemacht hatte, das entsetzlich wehtat. Dass er sie auf eine besonders schmerzhafte, gemeine, sadistische Art gerieben hatte.

Weshalb, das war Stubben entfallen. Als eine Art Strafe?

Nur an den Schmerz erinnerte er sich. Das meiste andere war vergessen. Den liebenswürdigen kleinen Jungen hatte er nie wieder gesehen. Vielleicht war er nur ein flüchtiger Gast in dem Haus gewesen?

Oder es hatte ihn womöglich nie gegeben?

Die zweite Magenta

Magenta? Ist das nicht eine Farbe? Natürlich ist es eine Farbe, Magenta ist fast rotblau. Ich kann es im Lexikon nachschlagen, wenn es dich interessiert. Es ist bestimmt eine Farbe, sagte Fräulein Sommardahl.

– Ja, das wird schon so sein, wenn Sie es sagen, erwiderte Stubben. Aber ich habe die Magenta einmal in der Hand gehalten. Sie ist sehr selten.

Und plötzlich wusste sie es. Wusste es mit Sicherheit. Es musste mehr als vierzig Jahre her sein, seit sie zum letzten Mal daran gedacht hatte, aber jetzt war sie ganz sicher, dass sie wusste, was es war. Die Herrgärdsschule in Västerås, die kleinen Jungen in kurzen Hosen, die sammelten und miteinander tauschten, und sie als einziges Mädchen in der Clique und dieser Tabakladen in der Norra Rudbecksgatan, wo sie immer Briefmarken kauften, für mühsam erspartes Taschengeld. Die Kataloge, die eigentlich zu teuer waren, und der Traum vom großen Fund. Wie oft hatte ihr kleiner Bruder sie auf dem Heimweg dahin mitgenommen. Meistens natürlich, weil er hoffte, sie hätte Taschengeld übrig und er könnte sie anpumpen. Der kleine Bruder besaß Briefmarken und Alben, aber auch spannende Bücher über Briefmarken.

Ohne sich weiter um Stubben zu kümmern, lief Cecilia Sommardahl die Treppe hinauf, auf den gemütlich eingerichteten, mit Bücherregalen tapezierten ehemaligen Dachboden, der seit zehn Jahren ihr Sommerarbeitszimmer war.

Hier beschäftigte sie sich mit ihren Notizen über die Geschichte der Dörfer Vretarne und Bodarne, ihren Vogelaufzeichnungen und allen anderen netten kleinen Projekten, Scheinprojekten, würde vielleicht jemand sagen, die sie in der eigentümlich monotonen Landschaft des Jetzt wach und in Bewegung hielten.

Es war ein Raum, der auf charakteristische Weise Ordnung und Unordnung vereinte. Ein Buch über Bauwerke im mittelalterlichen Västerås drängte sich im Regal mit indianischen Bilderschriften aus der Chihuahuawüste. Wie viele schwedische Volksschullehrer des alten Schlags hatte auch Cecilia ein sehr respektvolles Verhältnis zur *Bildung*. Es war wichtig, sich zu bilden. Und es spielte eigentlich keine so große Rolle, welche Gebiete die Bildung umfasste. Alles ließ sich in den großen Sack der Bildung stopfen, der nicht zugebunden werden würde, ehe man zu Grabe ging.

Sie war durchaus im Stande, einen ganzen Nachmittag lang Hellquists Schwedisches Etymologisches Lexikon zu lesen und sich am nächsten Tag in einen Artikel über kosmische Gammastrahlung aus dem *Scientific American* zu vertiefen. Mit diesen Lesegewohnheiten und all der freien Zeit, über die sie verfügte, hatte sie im Lauf der Jahre auf so vielen verschiedenen Gebieten eine nahezu dämonische Gelehrsamkeit entwickelt, dass keine Universität der Welt – wie geschickt sie ihr

Programm auch gestaltete – bei ihren Studenten ein ähnliches Resultat hätte erzielen können.

Cecilia wusste, dass dieses Buch da sein musste, und so war es auch: Gibbons dreibändiger Katalog über die Briefmarken der Welt. Die Bibel der fortgeschrittenen Sammler und ein Wunschtraum für Anfänger, die gezwungen waren, in den abgegriffenen Bänden der alten Stadtbibliothek im Sundinschen Haus an der Hauptstraße nachzuschlagen. Natürlich! Wie vergesslich durfte man werden? Sie befeuchtete den Finger und überflog immer nervöser das erste Kapitel des ersten Bandes.

Es war so merkwürdig still da unten?

Was Stubben wohl trieb?

Für einen Moment hatte Cecilia das subtile und völlig irrationale Gefühl, etwas Verbotenes zu tun.

Hier war es – endlich –, komplett mit Bild.

»British Guiana One Cent, Magenta. The most valuable stamp in the world, issued in 1856.«

Die kleine achteckige Marke war neben dem Text abgebildet. Tiefrot, in der Farbe, die man Magenta nennt, mit sehr undeutlichen Konturen eines Bildes in diesem Roten. Vielleicht war es im Original deutlicher? Dieses Bild war wirklich nicht leicht zu verstehen. Das konnte kein Mensch behaupten.

Traumhafte Zeremonien in einem roten Nebel, dachte Fräulein Sommardahl.

Und sie las fasziniert, dass die Marke genau einhundert Jahre nach ihrer Entstehung für 45 000 amerikanische Dollar verkauft worden war, als die Sammlung des Großsammlers Hind nach dem Krieg zur Zwangsversteigerung gelangte, weil der Besitzer wegen seines politischen Verhaltens in Schwierigkeiten geraten war.

Die damals wertvollste einzelne Briefmarke der Welt.

Aber, überlegte Fräulein Sommardahl, was kann das mit Stubben zu tun haben? Es muss so sein, dass jemand weiß, was er weiß. Aber wer?

Wenn es sich wirklich um diese Magenta handelte, die kostbarste aller Marken, war bestimmt Gefahr im Verzug. 45 000 Dollar im Jahr 1956 – dann musste sie heute ein Vielfaches wert sein. Vielleicht sogar eine Million? Gewiss waren skrupellose Personen selbst für geringere Beträge bereit, allerlei Unbedachtes zu tun.

Zum Beispiel, Professor Molander von seinem Hof zu vertreiben, um diesen in aller Ruhe zu durchsuchen. Oder vielleicht während des Hauptgottesdienstes in der Kirche von Väster Våla einen Tumult zu verursachen, um sich Zugang zur Sakristei zu verschaffen, die werktags mit soliden Schlössern zugesperrt war? Aber die Magenta befand sich bestimmt in irgendeinem Museum in sicherer Verwahrung. Cecilia Sommardahl blätterte hektisch im Katalog, um festzustellen, wo die Magenta sich heute befand, doch diese Information war nicht vorhanden. Hatte etwa jemand die Marke aus einem Museum gestohlen?

Aber wieso sollte man dann ihren Nachbarn, den ehrenwerten alten Professor, des Diebstahls verdächtigen?

Wenn die legendäre Briefmarke tatsächlich in jenem Schreibschrank gelegen hatte, führten die Spuren zweifellos zuerst zu Molander, dem er eine Weile gehört hatte, und dann weiter in die Kirche, wo der Schrank ja jetzt gelandet war.

Am Rand einer Migräne erkannte Cecilia Sommardahl, dass es eine weitere Möglichkeit gab. Angenommen, sagte sie sich, angenommen, und sei es nur als Gedankenspiel, es gäbe noch eine zweite Magenta auf der Welt und sie wäre auf rätselhafte Weise hier in diese Gegend geraten! Was hatte Molanders Hof mit Nybygget gemeinsam? Eine Sache – einen Schreibschrank, der jetzt in der Kirche stand.

Mit raschen Schritten und dem dicken ersten Band von *Gibbons* unter dem Arm machte sich Cecilia Sommerdahl auf den Weg zum Treppenabsatz:

– Sture, komm mal her, ich muss dir was Interessantes erzählen! Die Magenta gibt es nur in einem einzigen Exemplar auf der Welt!

Im Auftrag des Teilnehmers gekündigt

Zuerst hatte Blom gedacht, es würde ganz einfach sein. Dann zeigte sich, dass nichts so einfach ist, wie man denkt.

Gegen zehn Uhr am selben Tag, an dem Fräulein Sommardahl entdeckt hatte, was für ein bemerkenswertes Ding diese Magenta tatsächlich war, betrat Blom als Sommergast verkleidet den Kaufladen, das heißt in Shorts und verwaschenem T-Shirt mit dem Logo eines Radioprogramms und barfuß in Sandalen. Dort waren bereits fünf Herren mittleren Alters anwesend, auf die gleiche dämliche Art gekleidet, und zwei mollige Damen mit Kindern, die in den Gängen herumtobten und Packungen aus den Regalen stießen, ohne sie wieder aufzuheben.

Der Kaufladen befand sich in einem sehr engen, schmalen Raum, der wirklich nicht für einen Selbstbedienungsladen gedacht war. Hier herrschte das gleiche schreckliche Gedränge wie in Västernfärnebo. Warum man einen Tante-Emma-Laden nicht so lassen konnte, wie er war, blieb für Blom ein Rätsel.

Die Schwestern Westholm hatten alle Hände voll zu tun. Die eine an der Kasse, die andere hinter der Fleischtheke, wo sie in holprigem Englisch einer ausländischen Schriftstellerin die Geheimnisse der Griebenwurst zu erklären versuchte, einer etwas junonischen Dame in eng anliegenden Shorts, die alles aufmerksam in einem umfangreichen Notizbuch mitschrieb. Aus dem Gespräch ging hervor, dass sie in diesem Sommer das ehemalige Armenhaus in Sörby gemietet hatte.

Blom brauchte eine Weile, bis er mit der älteren Schwester Westholm ein paar Worte wechseln konnte. (Die andere war immer noch voll und ganz an der Kasse beschäftigt.) Ja, es sei so, dass er aus Västerås angereist sei, vor allem, um ein größeres Motorboot zu besichtigen, das im Hafen des Bootsklubs von Ängelsberg angeblich zum Verkauf stand. Aber er hätte den Besitzer nicht erreichen können, einen Direktor Sachsberg. (Er war sich darüber im Klaren, dass er damit ein Risiko einging, aber die Erfahrung hatte ihn gelehrt, dass es nicht immer dumm war, etwas zu riskieren.) Ob Fräulein Westholm möglicherweise wisse, wo er zu finden sei. Herr Fröjd im Bootsklub hätte ihm leider nicht weiterhelfen können.

– In Nybygget natürlich.

– Wo liegt das? Aha, danke sehr. Und man hat ihn seit zwei Wochen nicht gesehen? Das letzte Mal also in der Kirche, als das große Unwetter kam?

Zum Schein machte Blom eine große Nummer daraus, eine Dose Anschovisfilets, zwei Apfelsinen und ein Pfund neue Kartoffeln zu kaufen, die er zu seinem Auto balancierte, einem alten, aber zuverlässigen BMW.

Er kam zurück, fragte, ob er telefonieren könne, und musste feststellen, dass man selbst an diesem entlegenen Ort eine Telefonkarte brauchte.

Trotz lang anhaltendem Klingeln nahm in Nybygget niemand den Hörer ab.

Blom, einer seiner plötzlichen Eingebungen folgend, rief die Auskunft an, um festzustellen, wie es sich verhielt. Der Mann war doch offenbar bei dieser skandalösen Veranstaltung in der Kirche gewesen.

Wie es einen stets überrascht, wenn sich die eigenen Theorien bewahrheiten, war auch Blom erstaunt, als er endlich Auskunft vom Telefonfräulein erhielt.

– Der Teilnehmer hat seinen Anschluss wegen Umzugs gekündigt.

– Nein, wir haben keine neue Nummer bekommen.

Obwohl Blom praktisch mitten im Laden stand, gleich neben der Kassentheke, konnte er den leisen, eigentümlich viel sagenden Pfiff nicht unterdrücken, der seine Kollegen bei der Stockholmer Kripo schon Ende der Sechzigerjahre beunruhigt hatte.

Es war nicht leicht, alle Behörden hier und da zu erreichen, die Blom um Auskunft bitten musste. Hätte er nicht genau gewusst, wie man als Anwalt, Bezirkslandvermesser in Sala beziehungsweise als Gerichtsvollzieher klingt, hätte er die Damen in den verschiedenen Registraturen und Behörden nicht dazu bekommen, so schnell und gut zu reagieren, wie sie es jetzt taten.

Gegen Direktor Sachsberg war tatsächlich ein Konkursverfahren eröffnet worden und die Verhandlung war für den Donnerstag der nächsten Woche anberaumt. Interessanter aber war, daß für Nybygget kürzlich beim Amtsgericht von Sala eine neue Eintragung ins Grundbuch vorgenommen worden war. Mit einem knappen Vorsprung war es ihm gelungen, dem Gerichtsvollzieher zuvorzukommen. Ob mehr als eine Anzahlung geleistet worden sei, ließ sich so ohne weiteres nicht feststellen. Die Grundbucheintragung sei in den letzten Jahren eine ziemlich komplizierte Angelegenheit geworden, erklärte der Registrator.

Fest stand indessen, dass der Käufer ein Mann aus derselben Gemeinde war. Professor Theofil Molander aus Bodarne.

Als wäre das nicht schon genug. Sachsberg galt wegen seiner schlechten Geschäfte seit längerem als depressiv. Und nun hatte ihn seit zwei Wochen kein Mensch mehr gesehen. Nach dem Verkauf des Hauses war er spurlos verschwunden. Der Kaufvertrag war am selben Tag unterzeichnet worden, an dem man ihn zum letzten Mal in der Öffentlichkeit gesehen hatte.

Freunde! Es gibt keine Freunde!

Von diesem Moment an, diesem anderen Moment also, als Fräulein Sommardahl die Treppe herunterkommt und keine Spur von dem verflixten Jungen findet, nimmt die Geschichte, nach Meinung vieler, eine ganz neue Wendung.

Das Erste, was eigentlich geschah, war, dass es zu regnen begann. Eine dunkle Gewitterfront zog überraschend schnell von Westen her auf.

Stubben fuhr, sonderbar beunruhigt, ohne eigentlich zu wissen warum, auf seinem Moped so schnell durch den Regen, dass er kaum Atem schöpfen konnte. Am meisten goss es auf der neuen Straße nach Fagersta, dann ließ der Regen ein wenig nach. Es war nicht mehr wie eine Wand aus Wasser, die er vor sich hatte. Jetzt war das Schlimmste, wenn die Laster ihn überholten, mit einer Geschwindigkeit von etwa hundertdreißig Stundenkilometern (hatte man je von einem Lkw gehört, der sich ans Tempolimit hält, wenn die Polizei sich in der Regel nicht aus den Städten heraustraut?) und ihm mit einer Kaskade aus Wasser die Sicht nahmen.

Dann galt es, ein ganzes Stück aufs Geratewohl und nach Gehör zu fahren, bis er wieder etwas sehen konnte. Ein bisschen besser wurde es auf der alten Straße nach

Ängelsberg, aber jetzt stieg dafür die Nässe in seinen Hosenbeinen hoch wie eine Kältewelle.

Wohin war Stubben unterwegs? Nach Hause zu seiner Mutter, um die Hose zu wechseln? Aber hätte er nicht genauso gut bei Cecilia bleiben können, bis das Gewitter vorbeigezogen war? Was trieb ihn zu dieser Eile an? Vorbei an der Ortseinfahrt von Ängelsberg, den Hügel hinauf, der traditionell »Drei Hänge lang« genannt wurde. Bei Regen eine Kraftprobe für ein altes Liefermoped.

Warum machte er nicht am Kaufladen Halt? Für einen Moment sah es wirklich so aus, als würde er auf den Parkplatz einbiegen zu einer Rast. Es wäre schließlich ganz vernünftig gewesen, die Wärme des Ladens aufzusuchen und ein bisschen mit den Schwestern Westholm zu schwatzen.

Ein Regenschauer ließ ihn abbremsen oder vielleicht setzte der Motor mangels Sauerstoff im Vergaser aus, als er an der Einfahrt von Nybygget vorbeikam. Auf diese Weise bekam er etwas zu sehen, was er sonst kaum entdeckt hätte. Ganz frech an einen der beiden prachtvollen Steinpfeiler gelehnt, die die Auffahrt von Nybygget markieren, stand ein schwarzes Herrenrad. Stubben wusste, dass er es schon einmal gesehen hatte. Nur konnte er sich nicht erinnern, wo.

Mit der intuitiven Sicherheit, die uns oft viel besser dient als jeder ausgeklügelte Plan, drosselte Stubben blitzschnell den Motor und zog das Moped ins Himbeergesträuch neben dem alten Pfarrhaus. Ein Wasserschauer fiel von den Büschen, aber das spielte keine Rolle, er war sowieso schon völlig durchnässt. Er hatte das Gefühl, das Einzige, was ihn jetzt vor dem Erfrieren bewahrte, sei, sich ständig in Bewegung zu halten.

War Direktor Sachsberg zu Hause? Es sah nicht so aus. In keinem der Fenster war Licht, trotz des dunklen Nachmittags. Weder im alten Hauptgebäude noch im Gartenhaus.

Vielleicht war der alte Herr geschäftlich in Västerås? Er fuhr ja gelegentlich da hin. Oder möglicherweise nur auf einem seiner langen Spaziergänge unterwegs? Von der Straße aus hat man keinen guten Blick auf das Wohnhaus von Nybygget, weil eine hohe Fliederhecke es verdeckt.

Um eine bessere Sicht zu bekommen, und ohne eigentlich zu wissen, was er wollte – das wusste er selten –, schlich Stubben sich zur Seeseite des Hauses. War es ein Lichtschimmer, was er drinnen sah? Oder nur ein Reflex? Er drehte sich um, zum Åmänningen hin. Aber der See lag groß und schläfrig da draußen, mit der bleischweren Farbe, die er an solchen regnerischen Tagen annehmen konnte.

Kein Boot, so weit das Auge reichte.

Die Küchentür war nicht verschlossen.

Das war an sich nichts Ungewöhnliches. Die Leute so weit draußen auf dem Land sperren ihre Türen nicht ständig zu. Aber bei einem Mann, der behauptet hatte, bei ihm sei kürzlich eingebrochen worden, war es doch ein wenig überraschend.

Stubben öffnete die Tür so langsam wie nur irgend möglich, damit sie nicht knarrte, konnte aber ein kurzes Quietschen nicht verhindern. In dem schwachen Dämmerlicht erkannte er das Kupfergeschirr in der großen altmodischen Küche. Es schien, als sei schon lange nichts mehr angerührt worden. Und Stubben erinnerte sich, dass er gehört hatte, Sachsberg wohne nicht hier, sondern im Gartenhaus. Er genoß es, im Haus zu sein. Es war, als spüre er jetzt erst, dass er bis auf die Knochen durchgefroren war nach der zwanzig Kilometer langen Mopedfahrt in klatschnassen Sachen.

Spielte es irgendeine Rolle, wenn er die Klamotten eben mal auszog und sie irgendwo im Haus zum Trocknen aufhing, wo sowieso niemand daheim war? Das Verlangen, die schlackernde, pitschnasse Hose loszuwerden, war unwiderstehlich. Nach vorsichtigem Öffnen und Schließen von Türen fand er die Abstellkammer, die fensterlose, hinter der Küche. Hier war er ja schon einmal gewesen.

Ein Weinregal an der Rückwand enthielt noch einige Flaschen. Aber was Stubben viel mehr interessierte, war ein Handtuchständer, an den man Kleider hängen konnte. Es war nicht ganz einfach, die nassen Schnürsenkel aufzubekommen, aber schließlich gelang es. Als nur noch die Unterhose blieb – auch sie hätte das Trocknen dringend nötig gehabt –, hörte er ein deutliches Geräusch aus dem Obergeschoss.

War doch jemand zu Hause? Oder war nur ein Vogel in der Dämmerung gegen eine Fensterscheibe geflogen? Das kam schließlich vor. Ihm wurde bewusst, dass es eine ziemlich blöde Situation wäre, wenn man ihn hier drinnen in dem hallenden leeren Haus nur in Unterhose erwischte.

Wieder ein Geräusch. Stubben entschied, dass die Vorratskammer der letzte Ort war, an dem er überrascht werden wollte. Wäre es nicht besser, den Stier bei den Hörnern zu packen und durch den Hintereingang hinaufzuschleichen, um nachzusehen, was da oben eigentlich los war? Stubben hatte ja als Kind einen Nachmittag lang hier gespielt und wusste, dass die schmale Küchentreppe auf den Flur vor den Schlafzimmern mündete. Die hatten vermutlich früher die Dienstboten benutzt, um der Herrschaft das Frühstück zu bringen.

Das einzige Problem war, ein Knarren der Treppenstufen zu vermeiden. Bei manchen Schritten passierte es, bei anderen nicht, und Stubben war völlig auf die Erinnerungen des Zehnjährigen angewiesen. Da er dieser Zeit viel näher stand als alle Erwachsenen – ja, praktisch darin lebte –, war es nicht so schwierig, wie es aussah.

Das Obergeschoss in Nybygget besteht zum einen aus vier Schlafzimmern, nebeneinander an einem Flur, zum andern aus einem kleineren Wohnzimmer oder Salon, mit bequemen Korbstühlen um einen Tisch aus demselben Material. Dieses Zimmer hat keine eigenen Fenster, sondern erhält indirektes Licht vom Dachfenster des großen Treppenhauses.

Stubben hätte auf den Anblick gefasst sein müssen, der sich ihm bot, als er diskret durch die Tür der Küchentreppe glitt, erschrak aber trotzdem zutiefst über das, was er sah. Jemand saß am Tisch, mit dem Rücken zu ihm, offenbar in etwas vertieft, das von einer winzigen Lampe beleuchtet wurde.

Und es war nicht Direktor Sachsberg. Dieser Rücken war viel zu breit und kräftig für ihn.

Konnte es ein Gespenst sein? Mit einem unangenehmen Ziehen in der Magengrube streckte sich Stubben ein paar Zentimeter weiter in den Flur hinaus. Es schien, als sei der Mann, wer immer es war, mit der systematischen und langsamen Durchsicht einiger Papiere beschäftigt, die er Stück für Stück aus einem Kasten nahm, der rechts von ihm auf dem Tisch stand.

Ein Rücken war alles, was Stubben sah. Ein Rücken und nichts weiter.

Ein Dieb? Oder jemand, der rechtmäßige Gründe hatte, sich im Haus aufzuhalten?

Stubben wurde sich plötzlich darüber klar, dass er selbst keine besonders rechtmäßigen Gründe hatte, sich im Haus aufzuhalten, und beschloss, über die Hintertreppe zu verschwinden. Es brauchte geraume Zeit, bis er zurück in der Küche war, da es galt, die knarrenden Stufen zu meiden.

Es war jetzt noch dunkler geworden und als Stubben endlich bei seinen Sachen in der Vorratskammer ankam, war er ziemlich enttäuscht, sie kaum trockener zu finden als zuvor.

Er war gerade dabei festzustellen, welches Hosenbein eigentlich welches war, und hatte sich zu diesem Zweck an die Wand gelehnt, als die Tür der Vorratskammer mit einem Knall zuschlug. Er hörte, wie der Schlüssel im Schloss gedreht wurde, und Schritte, die sich eilig entfernten.

Es war jetzt stockfinster, aber Stubben brauchte kein Licht, um zu wissen, dass er wirklich in der Tinte saß. Dieser Raum hatte keine Fenster.

Das hatte er schon als kleiner Junge entdeckt. Einmal hatten Nicke Juhlin und die anderen ihn hier eingesperrt. Er war wieder herausgekommen, so viel stand fest. Aber wie?

Er wusste genau, dass es einen Fluchtweg gab, aber wie hatte er es damals bloß geschafft?

Und überraschend, wie das Gedächtnis nicht selten funktioniert, erinnerte er sich, wo er das alte schwarze Herrenrad schon mal gesehen hatte.

Es gehörte Professor Molander.

Das hier war nicht Professor Molanders Stil.

Aber jetzt war Stubben sicher. Ganz sicher.

Der Mann, den er gesehen hatte, über alte Papiere und Dokumente gebeugt, im Salon von Nybygget, bei dem starken Punktlicht, war Professor Molander.

Doch wieso hatte er ihn eingesperrt? Einen Freund?

Freunde! Es gibt keine Freunde!

Stubben gefiel es überhaupt nicht, dass er in einem fensterlosen Raum in einem großen Haus eingesperrt war, wo er nicht hingehörte und wo eine andere, möglicherweise sehr feindliche Person sich herumtrieb. Das gehörte haargenau zu den Situationen, die zu meistern ihm äußerst schwer fiel. Als Kind hatte ihn sein Vater in die Kleiderkammer gesperrt, wenn der der Meinung war, er sei zu aufmüpfig. Und Stubben hatte es verabscheut. Dabei war es immerhin die vertraute Kammer gewesen, mit dem Geruch von den Wintermänteln der Mutter, den Gummistiefeln der Marke Tretorn und Mottenpulver. Ein Lichtstreifen fiel durchs Schlüsselloch, was ihn ein wenig tröstete. Und wenn man ganz still war, konnte man immer die Stimmen der Eltern hören. Auch das war tröstlich. Selbst wenn sie stritten. Bei ihrem Streit ging es nicht selten um ihn. Dass er sonderbar sei. Und wessen Schuld es sei, dass er so sonderbar war. Es machte ihn sehr traurig. Er selbst hatte nicht das Gefühl, sonderbar zu sein. Schließlich hatte er keine Ahnung, wie man ist, wenn man nicht sonderbar ist.

Man kann ja tatsächlich keine andere Person sein als die, die man ist. Dieses *sonderbar*, ein undurchsichtiges Wort, das man ihm auf Schulhöfen und Spielplätzen und überall nachgeworfen hatte, solange er sich erinnern konnte, war etwas, das er mit den anderen Menschen verband. Es stand für etwas, das sie von ihm wollten. Nicht für etwas, das er selber wollte.

Im Grunde genommen pfiff er darauf.

Aber hier eingesperrt zu sein, das war etwas anderes. Die Gerüche waren fremd. Es gab einen Geruch nach verschimmeltem Brot, aber auch nach altem Holz, in das der Schwamm gegangen ist. Ein Wasserhahn tropfte irgendwo draußen in der Küche in unregelmäßigen Abständen. Es war ja ein so dunkler Tag mit diesen ständig vorbeijagenden Regenböen, dass es eigentlich überhaupt kein richtiges Tageslicht gegeben hatte. Und er überlegte, ob vielleicht jemand sein Moped entdeckt hatte, das draußen zwischen den Himbeersträuchern stand. Wenn es weiter so regnete, würde es unmöglich sein, das Moped zu starten.

Wieder tastete er sich durch den pechschwarzen Raum. Das Einzige, worauf er stieß, waren seine nassen Socken, am Wäscheständer aufgehängt. Sie jagten ihm zunächst einen furchtbaren Schrecken ein, bis er erkannte, was es war. Noch einmal machte er seine Runde. Er konnte sich nicht erinnern, zum wievielten Mal. Da war die Täfelung aus Spundbohlen und hier die eine oder andere Schublade, die er aber nicht herauszog, weil er Angst hatte, Lärm zu machen. Nach und nach identifizierte er die einzelnen Gegenstände und ihr Platz wurde ihm vertraut. Nur zu vertraut.

Als seine Hand die Luke berührte, wusste er augenblicklich, was es war. So war er letztes Mal herausgekommen, als er hier eingesperrt war, an einem schönen Spätsommertag in den Siebzigerjahren.

Der Speiseaufzug. Natürlich, der alte Speiseaufzug. Er hatte eine vage Erinnerung daran, dass jemand sogar erzählt hatte, sie seien früher manchmal in ihm auf und ab gefahren. Und dass es streng verboten war.

Er hatte keine Ahnung, wie er es damals gemacht hatte. Obwohl sein Verstand beschränkt war, arbeitete sein Gedächtnis gewöhnlich sehr gut. Aber vielleicht war er damals zu verängstigt gewesen, als dass er sich nun überhaupt an dieses Abenteuer erinnern konnte? Er kroch durch die Luke und stemmte einen Fuß gegen die gegenüberliegende Wand. Jetzt hatte er wieder die Turnschuhe an und die Gummisohle fand Halt. Langsam schob er den Rücken aufwärts. Es piekste jedes Mal am Rücken, wenn er an ein Astloch geriet. Die Bretter in dem Schacht waren offenbar nur roh gehobelt.

Stück für Stück ging es aufwärts. Es war nicht so schwierig, wie er gedacht hatte, solange er nicht hängen blieb. Als er klein war, war er einmal in einen Apfelbaum geklettert und so weit auf einen Ast gekrochen, bis dieser abbrach und Stubben an seinem

Hosenboden hängen blieb. Der Klempner aus dem Nachbarhaus hatte ihn entdeckt und mithilfe einer Stehleiter heruntergeholt. Die Mutter war sehr ärgerlich gewesen wegen der Hose, die hinten einen großen Flicken bekam. Eingesperrt sein, an dem einen oder andern Ort, hängen bleiben, nicht weiterkommen, das waren aus irgendeinem Grund in Stubbens Erinnerung sehr vertraute Erfahrungen. Sie kamen überall vor, sogar in seinen Träumen tauchten sie auf und sie waren ihm gründlich verhasst.

Was er nicht bedacht hatte, war, dass er oben mit dem Rücken zur Luke ankommen würde. Bevor er sich umdrehen konnte, plumpste er durch die Öffnung. Und das geschah wirklich nicht besonders leise. Falls der, der ihn eingesperrt hatte, sich noch im Haus aufhielt, musste er taub sein, um es nicht zu hören. Stubben kroch vollends heraus, wobei er sich Ellbogen und Unterarme zerschrammte. Dann lag er für einen Moment atemlos still. Hier gab es nur das äußerst schwache Licht vom Deckenfenster auf dem Flur. Der Eindringling hatte offenbar die Lampe hinter sich gelöscht. Es war unmöglich zu erkennen, ob dieser Jemand, der hier alte Papiere durchgesehen hatte, Ordnung oder Unordnung hinterlassen hatte.

Ein Ast schabte am Dach entlang. Stubben versuchte zu schätzen, wie hoch es bis zur Dachluke war. Oder sollte er sich ins Erdgeschoss wagen und durch den Haupteingang verschwinden? Er wusste nicht, was jetzt am schlimmsten wäre, eventuell dem wütenden Direktor Sachsberg zu begegnen oder einem Professor Molander, der kein Freund mehr war. Aber die Versuchung, den bequemen Weg durch die Eingangstür zu nehmen, war zu groß.

Stubben glitt, flink wie ein Wiesel, die Treppe hinunter. In einem Rutsch war er draußen.

An diesem Tag voller Überraschungen stand die nächste schon vor ihm.

Es war niemand anderes als der Pfarrvikar Arne B. Häggqvist.

– Ich bin froh, dass du lebst, Junge, sagte der Vikar. Es ist nämlich so, dass man Direktor Sachsberg tot aufgefunden hat, mit einem stumpfen Gegenstand erschlagen.

– Wo denn?, fragte Stubben mit erzwungener Ruhe.

– Im Bootshaus unten am Nybyggehafen. Er hat schon seit zwei Wochen da gelegen, sagt die Kriminalpolizei. Ich habe ihnen gestern ein bisschen geholfen, ihn zu finden. Du hast wirklich Glück gehabt, mein Lieber. Hier ist jemand unterwegs, der uns nichts Gutes will. Nicht alle haben diese Geschichte überlebt. Und ich fürchte, als Nächster bist du an der Reihe.

– Woher wissen Sie das?

– Das Entscheidende befand sich vermutlich in der Sakristei. Und wie du dich erinnerst, waren vier Personen fast gleichzeitig dort, Direktor Sachsberg, der jetzt tot ist, Kirchendiener Andersson, du und Professor Molander ... und ich, fügte der Pfarrvikar hinzu.

– Sie?

– Ja.

– Aber wo ...?

– Ich stand in der Vorratskammer. Bei den Werkzeugen.

– Dann meinen Sie also, sagte Stubben in einer plötzlichen Eingebung, dass Sachsberg entweder von Ihnen oder mir oder von Professor Molander umgebracht wurde?

– Du hast es erfasst. Aber es macht dir offenbar keine Angst. Du bist ziemlich zäh, wie mir scheint.

– Bin ich.

– Du nimmst doch nicht an, dass ich es war, sagte der außerordentliche Pfarrvikar.

– Ich weiß nicht, was ich glauben soll. Verrückt genug sind Sie.

Stubben sagte das seelenruhig und fast ein bisschen gedankenverloren, als würde ihn das alles nicht mehr interessieren. So war es auch. In Gedanken war er bereits woanders.

Auf dem Dachboden seiner Mutter.

Geheimnisse auf einem staubigen Dachboden

Stubbens Mutter stand fast allem kritisch gegenüber, was ihr Junge unternahm. Besonders aber missfiel ihr, wenn er auf den Dachboden ging und in alten Kisten und Koffern stöberte. Er war außer Stande, die Sachen, die er herausfischte, ordentlich wieder einzuräumen.

Der Dachboden war ein enger, voll gestopfter Ort, wo die ganze Garderobe, sogar der Wintermantel ihres verstorbenen Mannes und sein säuberlich gebügelter letzter Anzug, in Mottensäcken hing oder mit Kampferkugeln zwischen den Falten weggepackt war. Da oben war es nicht frei von Mäusen. Besonders im Winter waren sie außer Rand und Band. Man hörte sie unter dem Dach hin und her rasen. Und wie alle Mäuse fraßen sie besonders gern Textilien. Zu ihrem Ärger entdeckte die Mutter jedes Frühjahr aufs Neue, dass Mützen und Wollschals herumgeschleift worden waren und große Löcher von spitzen kleinen Zähnen bekommen hatten, weil Stubben nicht fähig war, die Koffer ordentlich zu verschließen, wenn er da oben herumgekramt hatte.

Vom Dachbalken hingen ein Paar alte Schlittschuhe, so alt, dass sie noch hochgebogene Spitzen hatten.

»Schürhaken« wurden sie genannt, als Stubbens Mutter jung gewesen war. Eine Schachtel enthielt glitzernde Schleppangeln. In einer Ecke stand eine komplette alte Hechtreuse. Es war ungewiss, ob die Dinge von Stubbens Vater oder Großvater oder vielleicht von jemand anderem stammten.

Es dauerte eine Weile, bis er eine Möglichkeit fand, den Dachboden aufzusuchen. Er hatte auf den Morgen nach der gewaltigen Strafpredigt gehofft, die er bekam, weil er nach seinem Ausflug so spät nach Hause gekommen war, aber er hoffte vergebens. Sie ging nicht zum Putzen ins Herrenhaus von Ängelsberg, wie sie es sonst tat. Und trotz des schönen Wetters fand sie den Rheumatismus zu quälend, um den täglichen Spaziergang zum Kaufladen zu machen, wo sie gern mit den Schwestern Westholm und dem Schreiner Nordenborg schwatzte, der noch mit achtzig regelmäßig den ganzen langen Weg von Örbäck geradelt kam.

Schließlich bekam die Mutter immerhin einen Anruf, was beide freute. Stubben, der nicht neugierig wirken wollte, setzte sich ins Nebenzimmer und blätterte in der Zeitung, in der stillen Hoffnung, das Gespräch würde etwas enthalten, was sie aus dem Haus lockte.

Jetzt habe ich jedenfalls eine Chance, dachte er dann. Er war nicht weiter gekommen als bis zur Dachbodentür und ging gerade den Schlüsselbund durch, den alten Schlüsselbund seines verstorbenen Vaters (mit dem er als Kind gern gespielt hatte), als die Mutter schon hinter ihm her war.

– Sture, was machst du überhaupt? Sture, komm sofort wieder runter – da will dich jemand sprechen.

Es war nicht ganz ungewöhnlich, dass Sture einen Anruf bekam, aber meistens war es ein Irrtum (jemand, der ihm etwas verkaufen wollte) oder auch die Sozialwerkstatt in Kolbäck, wo man wissen wollte, wieso er nicht erschienen war. In der Regel hielt er sich an die Zeiten, nur war auf die Züge im Regionalverkehr von Västmanland kein Verlass. Außerdem gab es all diese Leute vom Sozialamt, die sich beschwerten, dass irgendwelche Formulare nicht richtig ausgefüllt waren, aber das Ausfüllen übernahm gewöhnlich Mutter Persson. Und Freunde waren ihm ja kaum noch geblieben. Also war es eine Mischung aus Unruhe und Erwartung, mit der er die Treppe herunterstieg und den Hörer nahm.

– Hallo.

Die Stimme kannte er. Zu seiner Überraschung war es Pfarrvikar Häggqvist, der Stubben bat, ihn am selben Abend Schlag sechs an der Bank neben dem Eingang zum Kirchhof zu treffen.

– Es ist so, sagte der sonderbare Geistliche, Sachsberg ist ausgeschieden. Von denen, die in der Sakristei waren, bleiben also, wenn wir Kirchendiener Andersson ausklammern, du und ich und Professor Molander. Ich glaube, einer von uns ist im Moment in großer Gefahr. Kannst du heute Abend um sechs auf dem Kirchhof sein?

– Ich weiß nicht, sagte Stubben.

– Du glaubst doch nicht im Ernst, ich wäre der …

– Zutrauen würde ich es Ihnen schon, meinte Stubben. Aber ich werde kommen.

– Du hast also keine Angst?

– Ich kann auch mit einer Rohrzange zuschlagen, wenn es sein muss.

– Rohrzange! Wo hast du das her, um Gottes willen?

Aber Stubben hatte bereits aufgelegt. Er war zu gedankenverloren, um jetzt noch länger zu telefonieren.

Es war komisch, ja, regelrecht beunruhigend. Düster zählte Stubben für sich die Tage. Nächste Woche würde er wieder in der Sozialwerkstatt von Kolbäck sein.

Vielleicht verhielt es sich so, dass er mehr über diese Angelegenheit wusste, als man ihm vernünftigerweise zutraute?

Nun sagte ihm seine Erfahrung, dass es nicht möglich war, ein Geheimnis besonders lange für sich zu behalten. Kurzum, er war in einer heiklen Situation. Früher oder später würde dieser Jemand, der sich in der Gegend herumtrieb und im Stande gewesen war, Direktor Sachsberg zu töten, Stubbens Geheimnis entdecken. Und dann wäre es gut, woanders zu sein.

Stubben hatte auf dem Dachboden seine höchst persönliche Kiste. Eine alte Zuckerkiste aus der Zeit, als Zucker noch in Holzkisten an den Kaufladen geliefert wurde. Sie enthielt ein ganzes Sammelsurium von Sachen. Comichefte, die er als kleiner Junge gelesen hatte. Einen Versandprospekt von Claes Ohlson in Insjön und einen anderen Prospekt über Damenwäsche, den er vorsichtshalber hier verwahrte. Einen Bausatz für ein kleines Segelflugzeug, das sein Vater nie gebaut hatte. In den letzten Jahren war er abends zu betrunken dafür gewesen. Ständig hatte er großzügig versprochen, es bald in Angriff zu nehmen. Ein Autokennzeichen, das Stubben auf der Straße gefunden hatte. Ein Schützenabzeichen der schwedischen Armee, das ihm jemand geschenkt hatte, vermutlich sein Vater. Es war nur aus Bronze. Aber immerhin ein Erinnerungsstück. Fräulein Sommardahl und der Vater waren eigentlich die einzigen Menschen, denen Stubben in seinem ganzen Leben richtig vertraut hatte. Beide hatten ihre Tücken, aber auf verschiedene Weise. Der Vater, weil es so schwierig war, ihm verständlich zu machen, warum Dinge *schwierig* waren. Zum Beispiel, sich die Schuhe zu binden. Fräulein Sommardahl, weil sie nie aufgeben wollte, sondern nur weiter und weiter darauf drang, dass Stubben es immer wieder von neuem versuchte.

Und da war noch etwas ganz Besonderes. Der kaputte Füllfederhalter. Stubben hatte mit dem Füller seines Vaters gespielt und natürlich die empfindliche Feder verbogen, als er immer fester drückte, weil keine Tinte herauskommen wollte. Er hatte nie gewagt, es zu beichten, sondern ihn hier versteckt. Es war einfacher so. Der Vater hatte geglaubt, er hätte ihn irgendwo vergessen oder der Füller wäre ihm aus der Brusttasche gefallen, wo er ihn meistens verwahrte. Aber er war nie auf den Gedanken gekommen, Stubben zu fragen. Bis zu seinem Tod hatte er die Wahrheit nicht erfahren. Und die Toten wissen bestimmt nicht einmal, dass es sie gegeben hat. Wie sonderbar ist doch das Leben! Direktor Sachsberg zum Beispiel. Er wusste nicht mehr, dass es einmal eine sehr wertvolle Briefmarke in seinem Schreibschrank gegeben hatte. Er wusste nicht einmal mehr, dass es irgendwann einen Direktor Sachsberg gegeben hatte.

Keine einzige von den Sachen hatte Stubben gestohlen. In seiner Kindheit hatte es eine Periode gegeben, in der er gelegentlich dies und das stibitzte. Aber nur in ganz besonderen Situationen. Wenn er sich bedroht fühlte oder wenn ihn etwas tief beunruhigte. Sachen mitgehen zu lassen, das war eine Chance, etwas ruhiger zu werden. Man konnte für einen Moment in den Gegenstand hineinkriechen und mit ihm eins werden. Aber nur, wenn man ihn besaß. Man war in dem Ding drin und keiner konnte einen mehr von außerhalb sehen. Und zugleich hielt man es in der Hand. Sture hatte ziemlich viele Unsichtbarkeitsspiele gekannt. Und es ist nicht ganz sicher, ob er sie je aufgegeben hatte.

Da war ja die Sache, die er suchte. In der Mitte gefaltet, konnte man sie vielleicht in die Gesäßtasche stecken. Dass dieses alte blaue Schreibheft mit seinem Inhalt nicht länger hier bleiben konnte, war ja sonnenklar. Aber wohin damit?

Viele Möglichkeiten gab es eigentlich nicht. Von hier musste es jedenfalls verschwinden. Es wurde langsam brenzlig. Vielleicht war dieser Jemand, der gierig genug war, für die Magenta zu töten, ihm bereits auf der Spur?

Der Mann auf dem Kirchhof

Der Mann, der auf einer Bank im Kirchhof saß, schien so nahtlos mit den Schatten der Ulmen zu verschmelzen, dass man ihn zunächst gar nicht bemerkte. Es wirkte fast so, als hätte er die Stille geübt, als beherrsche er die Kunst, so lange unbeweglich dazusitzen, bis ihm die Spatzen vor die Füße hüpften. Und lange genug, bis es keinem mehr auffiel, dass er da saß.

Vielleicht war er aber einfach nur ein sehr stiller Mann.

Es ließ sich auch nicht leicht erraten, wie er dahin gekommen war. Kein Auto stand auf dem leeren Parkplatz der Kirche, kein schwarzes Fahrrad lehnte an der Friedhofsmauer.

Stubben hätte ihn nie entdeckt, hätte er sich nicht mit einem leisen, melodischen Pfiff zu erkennen gegeben.

Genau hier, in der Mauer, hatte Stubben übrigens eins seiner Verstecke. Vielleicht würde es ihm jetzt wieder nützlich sein? Es war nichts Besonderes daran. Stubben versteckte gern Sachen hier und da in der Landschaft. Sie war so gut im Stande sich zu merken, wo die Dinge lagen.

Das Versteck befand sich natürlich an der Innenseite. Also kletterte er über die Mauer. Und in diesem Moment entdeckte er den Mann, der da saß. Er war eher klein als groß. Das Gesicht war unter einem breitkrempigen Hut verborgen. Trotz der Sommerwärme (ein lauer Wind ging durch die Bäume) war dieser Mann ziemlich gut eingemummelt.

Erst als Stubben praktisch über ihn gebeugt stand, erkannte er seinen neuen Freund, den außerordentlichen Pfarrvikar. Er war es und war es doch wieder nicht ganz. Dieser Mann, der ihm äußerlich in allen Stücken glich, war auf eine völlig andere Art angezogen, ungefähr wie ein Fahrradtourist von weit her, und er strahlte eine Energie und Entschlossenheit aus, die der fromme und verwirrte Mann, den er in der Kirche erlebt hatte, überhaupt nicht besaß. Der Mann jetzt war die Ruhe selbst.

– Setz dich, mein Junge, sagte er. Da ist etwas, worüber ich gern mit dir reden möchte. Wie du siehst, ist Professor Molander nicht da. Er wird kommen, aber erst später. Ich habe mich hier mit ihm verabredet. Aber du musst dir keine Sorgen machen. Es wird nichts passieren. Ich habe Leute bestellt, die sich um ihn kümmern werden.

– Ich weiß nicht, ob ich Zeit habe, sagte Stubben listig.

– Aber zum Herkommen hattest du Zeit?

– Ich wollte bloß nach etwas schauen.

– So. Hier auf dem Kirchhof?

– Ja, nicht ganz ...

– Du wunderst dich, dass ich zurückgekommen bin? Hierher.

– Kann sein.

– Du denkst, dass ich kein Pastor bin. Und dass diese Predigt ein Scherz war.

– Ja.

– Sie war tatsächlich ernst gemeint. Aber ein Pastor bin ich nicht. Früher einmal wollte ich Geistlicher werden. Ich habe in Uppsala Theologie studiert, es aber aufgegeben.

– Und was sind Sie jetzt?

– Ein pensionierter Polizist. Ich war viele Jahre beim Krim in Stockholm. Jetzt wohne ich in der Nähe von Västerfärnebo. Als Pensionär.

– Aber wieso haben Sie sich in der Kirche so aufgeführt?

– Weil es in dieser Gegend einen sehr bemerkenswerten Gegenstand gibt. So bemerkenswert, dass zu befürchten war, wer immer ihn sucht, könnte allmählich gefährlich werden. Deshalb habe ich dafür gesorgt, dass alle, die vermutlich etwas davon wissen, an einem bestimmten Ort zusammenkamen. Dort sollte der Betreffende sich verraten.

– Was heißt das, etwas davon wissen?

– Das heißt wissen, dass der Schreibschrank in der Sakristei früher in Nybygget gestanden hat. Und vielleicht wissen, dass er ein Geheimfach besitzt.

– Wer wusste davon?

– Sachsberg wusste es. Er ist gekommen. Theofil Molander wusste es. Er ist gekommen. Noch einer wusste es. Er ist auch gekommen.

– Wirklich?

– Ja, wirklich.

– Warum schnappen Sie ihn dann nicht?

– Das tu ich ja. Er ist gerade gekommen. Du bist es!

– Ich?

– Freilich.

Sture brummte der Kopf so sehr, dass ihm keine gescheite Antwort einfiel.

– Und jetzt möchte ich dich etwas fragen. Du musst dich absolut nicht gezwungen fühlen, mir zu antworten. Aber es wäre sehr gut, wenn ich es erführe.

– Also, was wollen Sie fragen?

– Ist es wirklich so, dass du sie hast?

– Ich hatte sie.

– Wo ist sie jetzt?

– An einem sicheren Ort. Bei Fräulein Sommardahl. In einem Blumentopf.

– Blumentopf?

– Aber er ist trocken. Da sind jetzt gerade keine Blumen drin.

Die Rückkehr der Magenta

Am Mittwochabend, während ein Unwetter unter langsam sich abschwächenden Flüchen und Verwünschungen über den Åmänningen nach Osten abzog, saßen sie in Bodarne beisammen, Blom, Cecilia Sommardahl und Sture.

– Es war Molander. Er behauptete, jemand wäre hinter ihm her. Aber nur, um sich die Magenta selbst unter den Nagel zu reißen. Er glaubte, sie sei in Nybygget. In der Kirche ging er genau dahin, wo ich ihn hin haben wollte. Stubben und er. Warum sollte jemand in Bodarne nach etwas suchen, was ganz offensichtlich nicht da war?

– Der Bluff mit den Postkarten war natürlich raffiniert, meinte Fräulein Sommardahl.

Blom schüttelte den Kopf.

– Nicht raffinierter, als dass Sture ihn durchschaute. Ich habe ihn auch durchschaut. Er wollte uns allen weismachen, er wäre Opfer einer unbekannten Sammlerbande, die es auf die Magenta abgesehen hat. Während er selbst vermutete, sie befinde sich entweder in der Kirche oder in Nybygget.

– Wie kam er darauf?

– Das, sagte Blom, hat eine etwas eigenwillige Erklärung. In Ängelsberg gibt es eine Pension, die heißt

»Seeblick«. Der Bankdirektor Tage Juhlin, Bauherr und erster Besitzer von Nybygget, hatte einen älteren Bruder, Kapitän Peder Juhlin, der nach jahrzehntelanger Seefahrt im Stillen Ozean und vielen Abenteuern in Zentralamerika landete. Von dort korrespondierte er in unregelmäßigen Abständen mit seinem Bruder Tage Juhlin. Meist waren es ziemlich kurz gefasste Mitteilungen, Kartengrüße also. Sie wurden in einem Stapel gesammelt und in ein Kästchen gelegt und manchmal holte man sie hervor und bewunderte die exotischen Bilder. Aber niemand wusste, wie wertvoll sie waren, all diese kleinen Briefmarken aus verschiedenen Inselreichen, Kolonien, Protektoraten und Kondominien im Stillen Ozean.

– Heißt es wirklich »Kondominien«? Nicht »Kondome«?, fragte Sture.

– Unterbrich mich nicht. Es heißt »Kondominien«. Alle diese Karten und einige Briefe blieben in einem schönen alten Holzkasten liegen, der also ursprünglich im Besitz von Tage Juhlin war. Viele Jahre später schrieb der heimgekehrte Kapitän Peder Juhlin in aller Eile aus Göteborg.

Blom zog mit kalkulierter Langsamkeit eine Kopie aus seiner Brusttasche. Sie war bereits etwas verblasst und zerknittert und er strich sie sorgfältig glatt, bevor er las:

Und im Hafen erzählte mir an diesem Tag, dem 23. Januar anno 1856, der Britische Consul und Poststationsvorsteher Harold Clarke, es sei ein ganzer Bogen der One-Cent-Marke von British Guiana ge-

druckt worden, der versehentlich die Farbe Magenta erhalten habe. Er gab mir zwei Stück davon, zu meinem persönlichen Vergnügen. Die eine habe ich verloren, und stell dir meine Bestürzung vor, als ich Jahrzehnte später in der Zeitung lese, dass diese Briefmarke jetzt äußerst wertvoll geworden ist und angeblich nur noch in einem einzigen Exemplar auf der ganzen Welt existiert. Die eine muss irgendwann auf einer meiner vielen Reisen aus meiner Brieftasche gefallen sein. Über die andere habe ich sehr leichtsinnig verfügt, indem ich sie auf eine Ansichtskarte an dich klebte. Wie du dich vielleicht erinnerst, war darauf der Hafen von Georgetown abgebildet.

Ich weiß nicht, ob sie dich je erreicht hat, lieber Bruder daheim in Nybygget, aber ich möchte dich – angesichts meiner derzeitigen Umstände – um den Gefallen bitten, mit äußerster Sorgfalt deine Schubladen und Schränke zu durchsuchen. Denn ich habe davon Kenntnis erhalten, dass das einzige heute bekannte Exemplar für eine beträchtliche Summe an einen Großsammler in London verkauft worden ist.

In meiner – wie du verstehst – sehr prekären Lage könnte es einen Ausweg bedeuten, wenn dieser kleine Gegenstand, der ja eigentlich nie geschenkt, sondern nur zur Aufbewahrung gedacht war, seinem rechtmäßigen Besitzer zurückerstattet würde. Andernfalls dürfte es keinen Frieden mehr geben auf Nybygget.

– Peder Juhlin fuhr wieder zur See, ohne das Gewünschte bekommen zu haben. Und ist bereits im nächsten Herbst bei einem der großen Orkane mit seinem Schiff in der Karibik untergegangen, mit Mann und Maus.

Das Sonderbare ist, müsst ihr wissen, dass dieser Brief in der Pension »Seeblick« landete, deren Besitzer auf einer Auktion einen alten Koffer ersteigert hatte, der aus Nybygget stammte. Im Dokumentenfach an der Innenseite des Deckels steckte der Brief. Und der Pensionsbesitzer, der frühere Bahnhofsvorsteher Nordlander, hielt es für ein bedeutungsvolles Dokument. Er hat es zwei Personen gezeigt ... Die eine war ich, denn er wollte meine Meinung dazu hören. Die zweite Person war Molander.

Blom verstummte, doch dann fuhr er fort:

– Die Magenta ist nie da gewesen. Sie war nicht mal in der Nähe der Kirche.

– Doch, gestern war sie da.

– Woher weißt du das, Sture?

– Weil ich sie bei mir hatte. In der Hosentasche. Als wir uns unterhielten. Ich wagte nicht, sie länger zu Hause zu behalten.

– Du bist ja verrückt!, entfuhr es Fräulein Sommardahl.

– Das sagen alle. Da sind Sie nicht die Erste. Ich habe vor langer Zeit gelernt, dass sie das sagen. Aber es macht mir nichts aus. Hier ist sie.

Aus der Brusttasche der Jacke fischte Stubben einen Umschlag aus halb durchsichtigem Papier. Cecilia Sommardahl nahm ihn mit einer Mischung aus Ehrfurcht und Argwohn entgegen. Es musste doch wohl ein Missverständnis sein. In dem Umschlag steckte eine Ansichtskarte mit englischer Beschriftung, die eine Kirche im Kolonialstil zeigte, von hohen Bäumen beschattet. Aber die Karte trug keine Briefmarke. Wo sie geklebt hatte, war nur eine leere Stelle! Erst jetzt entdeckte Cecilia die Marke. Sie lag lose im Umschlag. Was hatte diese schreckliche Briefmarke nicht schon alles angerichtet! Da war sie also: die zweite Magenta.

– Ich verstehe. Du hast sie also in Nybygget eingesteckt. Das war vielleicht eine Dummheit.

– Aber niemand hat sie je vermisst. Denn keiner von den Besitzern wusste, dass sie vorhanden war. Und dass Molander darauf kam, war reiner Zufall. Weil man ihm diesen Brief von Kapitän Peder Juhlin unter die Nase gehalten hat.

– Er hätte sie dir gestern leicht abnehmen können. Er geht über Leichen. Du bist verrückt.

Cecilia Sommardahl biss sich auf die Lippe. Sie musste sich diesen völlig überflüssigen Ausdruck unbedingt abgewöhnen. Sture hatte Recht. Das hatte er oft genug in seinem Leben zu hören bekommen.

– Wann hast du sie dir geholt?, fragte Blom.

– An einem Sommertag Ende der Siebzigerjahre. Ich war zum Spielen da. Aber die anderen wollten nicht mit mir spielen. Da bin ich ins Haus geschlichen und fand in einem Kästchen alte Postkarten. Sie haben mir sehr gefallen.

– Das ist natürlich etwas anderes. Der Junge kann damals erst sieben oder acht gewesen sein, bemerkte Blom zu Cecilia.

– Warum hast du sie genommen?, fragte sie Stubben.
– Weil sie so schön war.
– Ja. Sie ist sehr schön.
– Aber auf eine komische Art, meinte Blom.

Blom und Cecilia Sommardahl dachten beide genau dasselbe: Da haben wir vor uns ein bisher unbekanntes Exemplar der kostbarsten Briefmarke der Welt, einen wahren Schatz, für dessen Besitz manche Menschen zu allem bereit wären. Eine Sensation in Philatelistenkreisen und vermutlich ein Knüller für die Weltpresse.

Und so, wie die Situation war an diesem turbulenten Abend, waren sie beide eigentlich völlig unfähig, sich von dieser wunderbaren Magenta beeindrucken zu lassen.

Vor sich hatten sie möglicherweise einen Dieb. Einen sehr reumütigen Dieb, muss man sagen, der das Gestohlene jetzt zurückerstattet hatte. Verstohlen linste Stubben auf Fräulein Sommardahls Schreibtisch, wo der kleine Umschlag lag, nahm ihn sich sogar und musterte die fantastische Magenta. Seltsame Gestalten bewegten sich in einem rötlichen Dschungel. Und nie, nie würde er begreifen, was sie da drinnen eigentlich trieben.

Auch Blom neben ihm betrachtete die Marke noch einmal genau.

Es war ein solcher Augenblick, in dem alle schweigen, weil keinem etwas zu sagen einfällt, was dem Ernst der Lage entspricht. Er zog sich, wie es schien, endlos in die Länge.

Plötzlich ergriff Blom das Wort.

– Nicht dass ich jemanden enttäuschen möchte, sagte er. Aber das ist nicht die berühmte Magenta.

– Was ist es denn?

– Eine Wohltätigkeitsmarke: Der Schwedische Reichsbund gegen Tuberkulose. Frühjahrskampagne 1929. Einem spezialisierten Sammler mindestens fünfunddreißig Kronen wert, vielleicht mehr. Gratuliere!

*

Es war ein Abschied. Als kleiner Junge hatte Stubben diese komische kleine Briefmarke mehr als alle seine anderen wenigen Kostbarkeiten geliebt. Aber in den letzten Tagen hatte er wie alle anderen das Gefühl gehabt, er würde jetzt langsam zum Mann und bräuchte die Marke überhaupt nicht mehr.

Fräulein Sommardahl nickte freundlich, steckte alles in einen viel zu großen Umschlag, beschriftete ihn ausführlich mit vielen schwierigen Wörtern, etwas zu schnell, als dass Sture sie hätte entziffern können, darunter eins, das er verstand – und ein Datum, vermutlich das des Tages, und dazu *gefunden* –, und legte den Umschlag auf Seite 1321 in ihr Exemplar des großen Briefmarkenlexikons, das sie anschließend still ins Regal zurückstellte.

– Es ist wohl am sichersten, wenn sie da bleibt. Und sich vielleicht hier ausruht. Bis etwas anderes passiert. Oder bis jemand in einer anderen Generation sie neu entdeckt. Und so dürfen auch wir ausruhen. Und uns besinnen, wie uns dies alles verändert hat. Nicht wahr, meine Freunde?

Mit diesen ebenso erbaulichen wie wohlgesetzten Worten erhob sich die Lehrerin. Der außerordentliche Pfarrvikar Arne B. Häggqvist alias Arne Blom, Kriminalkommissar im Ruhestand, folgte sogleich ihrem Beispiel. Er war der Letzte, der abends bei anderen Leuten hängen blieb.

Er bot Stubben an, ihn im Auto mitzunehmen, was dieser ablehnte. Der hatte ja sein eigenes Fahrzeug und die Sommernacht stand erst an ihrem Anfang.

– Noch zwei Fragen, sagte Fräulein Sommardahl. Kann Direktor Sachsberg Molander wirklich vorgetäuscht haben, die Magenta befände sich auf Nybygget? Damit er das Haus kaufte?

– Vielleicht war es umgekehrt. Molander glaubte, die Magenta sei dort, und überredete Sachsberg, den Hof zu verkaufen.

– Und eine letzte Frage: Was dieser Kapitän über die Magenta schrieb, war das dann nur ein Scherz? Dieser Bruder, der zur See fuhr, muss doch existiert haben? Was, wenn es die zweite Magenta nie gegeben hat? Das wäre doch zu schade.

– Nein. Im Gegenteil. Ich bin überzeugt, dass es sie gibt. Wir haben sie nur noch nicht gefunden. Bestimmt gibt es sie. Auf einem Dachboden, in einen alten Folianten gesteckt, oder vielleicht auf der Rückseite einer Postkarte in einem Kästchen, das lange keiner mehr geöffnet hat?

– Die Dinge sind so schlau, sagte Sture. Sie wissen immer, wo sie sein sollen. Sie kennen ihren Platz. Wir sind es, die sie vergessen.

Aber Blom – schon ein älterer Mann – sehnte sich jetzt wirklich nach Hause in sein Bett.

Inhalt